年過50 我決定離家出走

蘇敏 口述
卓夕琳 執筆

序

每一位女性都有權利追求
自己的幸福與夢想

在時代的洪流裡，關於女性的故事總能承載特殊的意義，蘇敏的故事同樣如此。

在56歲的那一年，蘇敏做出了一生中最重要的自我選擇，獨自一人駕駛著她的小車，踏上了一段未知的旅程。

出發那一刻，她倉皇逃離，生活了半輩子的城市在照後鏡裡次第模糊，直至消失。在當時，她只認為那是一次短暫的出逃。如今看來，這更是一次身體上的遷徙，也是一場心靈的覺醒之旅。它讓我們重新審視了中年女性在新時代中的位置與價值。

蘇敏的故事始於一個平淡無奇的早晨。作為一名「舊時代」的中年婦女，她的生活被丈夫、女兒、外孫填滿。擠壓了半輩子的時光後，蘇敏在某一天突然意識到，這樣繁雜的日常，讓她自己越來越沒有言語的聲音和去處，可那些曾經在夢裡出現過的場景，隨著年歲的增長，一天比一天濃烈起來。

誰都沒有設想到最後的結果，包括蘇敏自己。往往人生中最重要的轉折會因為生命中一個瞬間的決定發生轉移。或許，她的日子就是一場賭局，代替在生活裡匍匐掙扎的每一個人，向命運吐了一次口水。而在這個屋簷下的所有人已經對這世間無盡的波折、委屈憤怒了。

半生之前，蘇敏對自己的未來總是感到迷茫。在一個傳統中年婦女的認知裡，做好賢妻良母就是本職，她從未問自己真正想要什麼，只是機械地過著每一天。但旅途中，她開始回想自己的過去，那些畫面如同一幀幀幻燈片閃在腦海裡，那個時刻，她嘗試著思考什麼是自己真正熱愛的。同時增加的還有她不得不訓練獨立思考和行動的能力，她不僅要面對陌生的環境和未知的挑戰，還要學會獨立處理各種突發情況。每當遇到困難時，她都會告訴自己：「我可以解決這個問題。」這種獨立性讓她開始向外界發出更多的聲音，而每一次改變都是她陣痛後的一次新生。

這一路，她遇到了很多來自不同背景的人們，聽到了許多動人的故事。這些經歷開始一點點不著痕跡地影響著她，她開始主動與陌生人交流，分享自己的故事，也傾聽別人的心聲。這種開放的心態使她的人際關係變得更加和諧，也讓她在社會中更加自在。

蘇敏的故事不僅僅是個人的成長史，更是對當代社會中年女性形象的一次有力重塑。長期以來，中年女性往往被社會賦予了太多的角色定位，如母親、妻子等，而她們自身的需求和願望卻常常被忽視。然而，蘇敏用實際行動證明了年齡不是追求夢想的障礙，而是累積智慧與勇氣的助力。她越來越頻繁地開始鼓勵所有女性勇敢地追求自己的夢想，無論這個夢想何時萌芽，都不應該放棄去實現它的機會。

蘇敏的自駕之旅仍在繼續，她帶給我們的啟示也遠遠沒有停止。這早已不是一次物理意義上的旅行，它是關於心靈深處的探索。在這個變幻的新時代，每一位女性都有權利追求自己的幸福與夢想。

蘇敏的故事就像一座燈塔，點亮了前方的道路，讓那些即使此刻身在黑暗隧洞裡的人，也能摸索到一絲微光。在這條自我救贖的路上，蘇敏找回了本有的自己，也向世界展示了女性骨血裡烈火般的力量。無論處於人生的哪個階段，只要有勇氣面對內心的呼喚，終能找到屬於自己的光芒。

卓夕琳

目錄

婚姻的牆

鬆綁

在路上

生活間隙中的自我矛盾

目錄

時光無法抹淨

越過山川

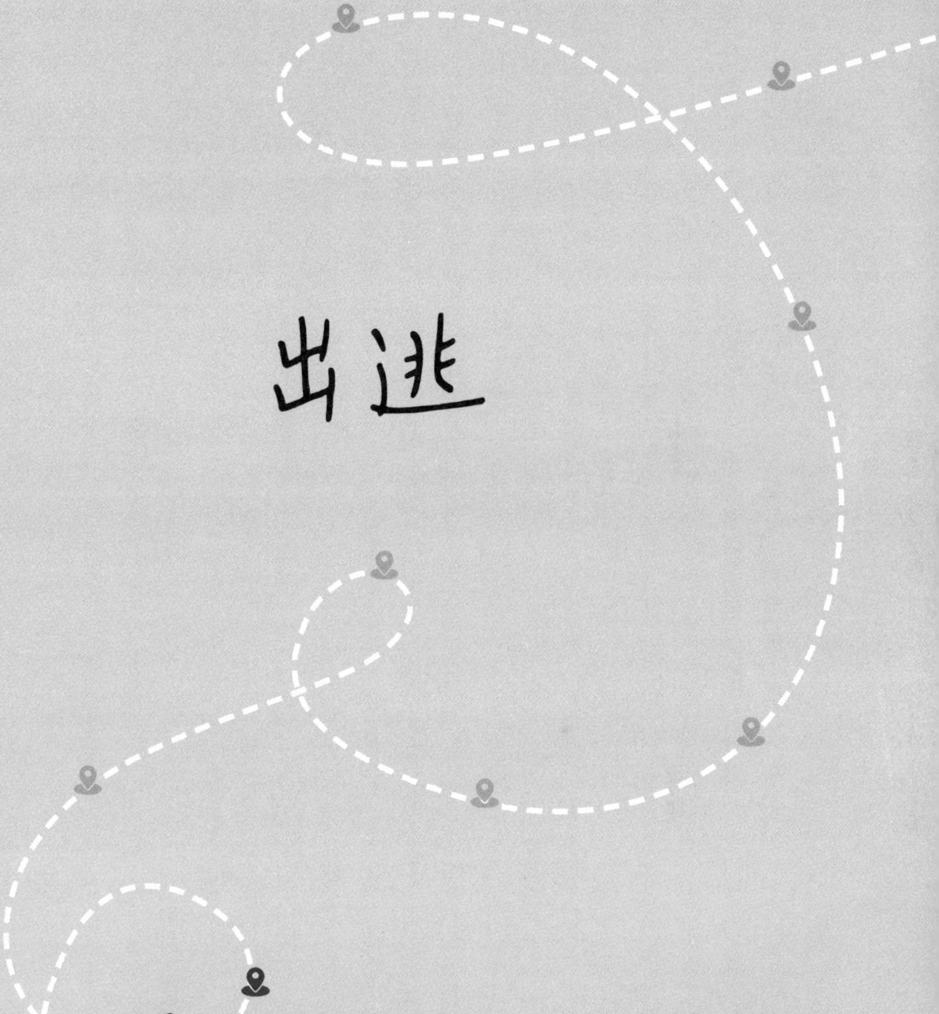

出逃

「再多一會，就更捨不得，趕緊走、趕緊走吧。」
蘇敏一邊下樓一邊說服自己，她沒有刻意去等電梯，擔心如果自己停下來往回看的時間太長，會失去前進的勇氣。

自始至終，丈夫老杜都沒有走出臥室。或許他還沒有醒來，又或許他早已醒來，只是並不在意。

1 ____ 黎明

2020年9月24日，農曆八月初八。

56歲的蘇敏，離家出走了。她開著一輛小Polo，拖著一頂帳篷，帶著一張沒有多少錢的提款卡，走得堅決。

「最難的時候已經過去了，我要開始新生活。」蘇敏站在家門口，對送行的女兒說。

「尊重你的選擇。」女兒面向她。

蘇敏想要的尊重，不是女兒口中簡單的幾個字。在過去56年的生命和30多年的婚姻圍城中，尊重只存在於生活的幻想裡，當有一天泡泡被戳破，她也就衣不蔽體了。

這場蓄謀已久的逃離，蘇敏準備了兩年。離開那天，秋分時節剛過，北半球的白晝時間，漸次縮短，華北平原的天，清晨6點就已透亮。早就醒來的蘇敏，看到天亮了才坐起身子，將被子疊得稜角分明，端端正正放在枕頭上，像是在軍營裡一樣。蘇敏躡手躡腳地從床上爬下來，生怕動作幅度過大，驚醒了睡在下鋪的丈夫，引來氣受。

而丈夫此刻的鼾聲告訴蘇敏，他根本未受影響。

「這樣的日子終於要結束了。」蘇敏鬆了一口氣，從上鋪下來後，她站在門口看著丈夫，臉上讀不出情緒，看了有5分鐘才走出臥室。

為一家人準備早飯是蘇敏做了半輩子的事。小時候為弟弟們準備，後來為丈夫、女兒準備，現在還多了女婿和外孫們。

「今天的早飯方便，包好的餃子，煮一煮就能吃。」蘇敏在鍋子裡添滿水後打開冰箱門，從冷凍庫裡拿出兩袋餃子。

「上車餃子，下車麵。」遵循北方傳統，曉得今天要出門，餃子第一天下午蘇敏就包好了。

本來計畫昨天就出門的蘇敏，硬生生被女兒按住。

「初七不出門，初八不回家，明天再走。」不知道女兒是刻意的，還是捨不得，真到了分開的關頭，竟有些不願放手。

蘇敏拗不過女兒，多一天少一天，倒也無妨。要走的決心早已下定，也不是一兩句話就可以扭轉的。

吃完早飯後，蘇敏沒有去洗碗，而是抓緊時間盥洗。等一切都準備完畢，也才花了十來分鐘。她去臥室瞧了瞧兩個外孫，孩子們還在睡，蘇敏不自覺伸出的手，又縮了回來。

「我走了，免得一會兒孩子醒了，又鬧，就不好走了。」蘇敏從孩子房裡出來，順手把門輕輕合上。

「也好，不然一會尖峰時間，出城會塞車。」女婿看著不說話的妻子，趕緊回答。

「注意安全啊，媽，有事記得打電話。」女兒杜曉陽似乎意識到母親真的要走，這才一遍遍補充道。

「放心吧，我沒事，照顧好孩子們。」蘇敏拿起放在沙發上的黑色包包，它曾是自己帶孩子時用的媽媽包，現在褪去了這份職責。

用最快的速度穿上一雙紅色運動鞋，蘇敏一腳踏出門外，「咚」的一聲把門閉上。

「再多一會，就更捨不得，趕緊走、趕緊走吧。」蘇敏一邊下樓一邊說服自己，她沒有刻意去等電梯，擔心如果自己停下來往回看的時間太長，會失去前進的勇氣。

自始至終，丈夫老杜都沒有走出臥室。或許他還沒有醒來，又或許他早已醒來，只是並不在意。

蘇敏把車開出地下停車場，看著後視鏡裡追出來的女兒，有些哽咽。她定了定神，用力踩了一腳油門，把車開出了社區的大門。

混進主道路的車流，蘇敏還是碰到了尖峰時間。從來沒有經歷過尖峰時間的她，有些激動，眉毛壓不住地往上翹，嘴角也呈弧線上揚。

「總算體驗了一次女婿上班的感覺，這不是滿好的嗎？」蘇敏羨慕女婿開車上班，更羨慕他可以時常出差。有一次聽說女婿要坐火車出差，蘇敏說自己最大的心願就是出差。

她這個心願，讓女婿哭笑不得，一直說：「媽媽的心願太恐怖了。」

耗費了1個小時，蘇敏才擠上出城的快速道路。「往南走」是她唯一的規劃。出城後的蘇敏，越開越快。她奪回了本就屬於自己的小車，這輛白色小Polo，因為自己長時間處於帶孩子的身分中，被丈夫不分緣由地霸占。而現在，蘇敏終於不用有絲毫顧慮，完全掌控了這輛車的支配權。

「出門在外，天氣越來越冷，我想去溫暖的地方，睡帳篷也不怕凍著。」這是自己第一次自駕旅行，一個人、一輛車、一頂帳篷，蘇敏這樣的打算，合情合理。

不走高速公路，少收費，是蘇敏設定導航路線的偏好。

「精打細算，才能在外面待得久。」

「走高速公路，一個月退休金都不夠跑到成都。」蘇敏心裡明白，自己每月那2380塊錢*的退休金，就是全部的旅行資金，她要精打細算的用。

此刻，駛出城外的蘇敏，終於為自己的生活擠開了一道裂口。

她知道自己自由了。

*本書所提幣值皆為人民幣。

2 ____ 出逃

從開始準備物資到真正離開，蘇敏花費了兩年時間。存下的2萬塊錢，光買物資就花掉了1.2萬。

「買帳篷就花了3000多塊，還是最便宜的那種。」

「其他的零零碎碎都挑便宜的買，唯獨買了一口貴的不沾鍋，花了300多塊。」

雖說沒有最終的目的地，但第一天到哪裡紮營，蘇敏還是有個大致規劃。

「順著310國道，開到三門峽。」而走了100多公里後，蘇敏在一個大壩上停下了車。她臨時決定要去小浪底待一夜，「黃河就在身邊，總得去看看『飛流直下三千尺』吧。」

「飛流直下三千尺」是蘇敏說給自己聽的，不管是否恰當，她只能想起這麼一句詩。出生在那個年代，即便有高中學歷，但經過了歲月的洗滌，有些東西也洗沒了。

「看了黃河再看長江，那才齊全。」輕易就說服自己的蘇敏，並不覺得一出門就改變計畫有什麼不妥，她甚至有些痛快，可以隨意做決定的痛快。她體驗到一種從來沒有過的話語權。

而距離現在最近的一次擁有話語權的時刻，是奪回這輛車的那一刻。蘇敏想起那天，她向丈夫老杜發難，伸手向他討鑰匙，老杜想要發火又理虧的神情，笑出了聲。那一刻，她冒著失去一切的風險，從黑暗生活裡掙脫而出，迫使這個家庭將她視為獨立的個體。

只是，在這短暫的笑聲背後，卻掩藏了她幾十年的委屈。

決定要出逃，是蘇敏一瞬間決定的。如果沒有那次偶然的點擊，她也不會出逃。

那是2019年的冬天，一個平常的午後，在哄完外孫入睡後，蘇敏一如既往地上網查找穿越小說。幾乎每天都是這樣，趁著孫子們睡覺，蘇敏得以擁有片刻的放鬆，她說自己喜歡看穿越小說，那種虛構的、飄忽不定的世界，可以連接到她被封鎖的內心。

「像是衝出了圍城，自己成了小說主角。」

那天，蘇敏沒有正常打開小說介面，不知怎麼點進了一個跳出來的連結。連結裡是一位網紅正在分享自己的自駕旅行經歷的影片。

蘇敏被瞬間擊中：人生，居然還有這樣的選項。

被影片吸引的蘇敏，將看小說的事情徹底擱置。

連著看了好幾天影片後，蘇敏告訴女兒杜曉陽，自己也可以。

杜曉陽並沒有理會，權當自己母親就像迷戀穿越小說一樣，圖個新鮮，鬧個精神寄託。

看女兒一直沒有回應，終於有一天，蘇敏忍不住了，她把影片給杜曉陽，要她仔細看看。掃了一眼影片的杜曉陽丟下一句：「可以是可以，但你什麼時候能出得去？」

「什麼時候能出得去？」一時間，這幾個字橫亙在蘇敏面前，赤裸裸的，連遮掩都不必了。

2017年，杜曉陽生下一對雙胞胎男孩。從那一刻開始，蘇敏榮升為外婆，也接下了照顧外孫的任務。她不想女婿負擔太重，也不願女兒太累。蘇敏唯一能做的，就是剋扣自己，來維繫女兒家庭的和平。畢竟，這樣的剋扣，蘇敏早已習慣。

而這一次，蘇敏心意已決：「明年，等孩子們一上幼稚園，我就走。」

話一出口，杜曉陽沒有在意，老杜更沒有。但這話，蘇敏自己相信。

從那天起，表面上蘇敏照舊操持家務、照顧全家，實則暗渡陳倉，利用每一個間隙，查找自駕旅行的攻略，蒐集影片。看到有用的裝備，她就一點點加進購物車，從帳篷開始，到儲物櫃、冰箱、發電機、鍋碗瓢盆、柴米油鹽……

日益裝滿的購物車，和相應增加的帳單金額，讓蘇敏有些為難。

為了多存一些資金，她開始偷偷錄製短影片，白天偷偷摸摸地拍一些素材，比如做菜的，擀麵條的，做辣椒醬的，帶外孫出去玩的……晚上趁大家都休息了，再發布影片。為此，蘇敏專程花199塊錢買了短影音課程。這件事不能被丈夫知道，不然肯定會招來諷刺，也不好意思被女兒女婿知道。

而她發布的那些粗劣、簡單、毫無後期剪輯的影片，並沒有掀起任何漣漪。

「基本上沒人看，但我也發。萬一哪天有人看，打賞了呢。」

蘇敏一貫的堅持，讓她對此事並不氣餒。

不氣餒是因為有期盼，蘇敏一邊做著看似無用的事，一邊盼望著下個春天的到來。她甚至想好了，等春天一到，將外孫們送進幼兒園的第二天，她就走。

不料預想中的腳步，被一場蔓延全國的疫情打斷。幼稚園延遲入學，蘇敏也被困在家中。

「看看還能出去嗎？也不知道在鬧什麼。」丈夫老杜有點幸災樂禍。

蘇敏無心跟他爭辯，這樣的話太過稀鬆平常，蘇敏連心都不會難受一下。

「那我就慢慢再多存點錢，多買些東西。」

「準備齊全，一走就不回頭。」心意已決的蘇敏，自動過濾掉老杜的碎語。丈夫老杜每日重複地看電視、玩手機、玩電腦，她覺得這些東西連起來，也無法填充一生的長度。蘇敏想走的心，已經在路上。

熬到2020年9月中旬，蘇敏和女兒一起把兩個孩子送進了幼兒園。那天，蘇敏特意化了妝，抹上了口紅，穿上女兒多年前買給她的裙子，有種不一樣的韻味。

「任務已經完成，我該走了。」

在那一刻，女兒杜曉陽都無法確定，蘇敏是否真的要走。當著女兒的面，她打開手機，直接下單了放進購物車裡的全部裝備。

這些被篩選再篩選的東西，在購物車裡待了很長的時間後，從那一刻開始，終於屬於蘇敏。

而此時，全家人才反應過來：蘇敏真的要走了。

3 ____ 夜幕

在國道上走得不算快，車行至下午，蘇敏才趕到小浪底。不確定到底哪個才是大壩的她，看見不遠處的橋邊有一輛小車，蘇敏靠在它後面停了下來。

「大哥，這是黃河大橋吧？」蘇敏朝站在車前抽菸的中年男子走去，他也是蘇敏出發後遇見的第一個陌生人。

「對，這就是黃河大橋，下游還有幾個，不過這是唯一一個靠著小浪底的。」

「去大壩怎麼走？大哥。」

「我帶你去，我們不用買門票，別人還要買門票。」大哥這話一出，蘇敏有些警覺，連忙道謝往後撤退。

覺得蘇敏看起來也不像有錢人，說話的大哥也就沒追上來。後來蘇敏才搞懂，這個大哥在附近拉客人，找到了就帶去小浪底週邊觀光，收取一定費用。

「乾脆先轉一圈，找到停車過夜的地方，明天再逛。」蘇敏暗自打算。

她拿出手機，在地圖上搜索附近的停車場，接連找了兩個，才找到一個可以停放露營車的露天停車場。

「還可以，收費10塊錢。」

「在小浪底橋這頭，但也不算遠。」

雖說找到了停車場，蘇敏還是有些不適應，她把車停到了一個靠牆的角落，和停車場的露營車刻意保持了一定的距離。

「晚上自己煮個麵，這就算安營紮寨了。」蘇敏把手伸進後車廂裡，搬出小桌子、板凳、瓦斯爐，先把這些擺好，最後才去拿那個300多塊的不沾鍋。

「要愛惜，這麼多年都沒買過這麼貴的小鍋。」

「還想買個柴火鍋，要400多，更貴，捨不得。」蘇敏一邊把水箱裡的水往鍋子裡面倒，一邊壓住瓦斯爐開關點燃了火。

蘇敏不知道眼前這個小瓦斯爐可以煮幾頓飯，但她還是把火調到了最大，就像在家裡煮飯時一樣，開著最大的火炒菜。

「家裡那個老說我開火小，炒菜不好吃。」

「我吃辣他不吃辣，什麼都照著他的喜好來，還嫌不好吃。」

瓦斯爐雖然小，火力卻不錯，不到5分鐘，麵條就可入鍋。清水和麵條，在熱力的作用下裹纏在一起，就像蘇敏的過去一樣，被外界的熱力生生地裹挾。

「影片還是要接著錄，堅持了這麼久。」蘇敏一邊吃著沾滿辣椒的麵條，一邊掏出手機對準自己。

「今天簡單點，吃得也簡單點，但是這辣子真香。」她望著打開的螢幕，開始自言自語，又不由得左顧右盼一下，看看是否有人在看自己。

一頓飯從開始到結束，持續了1個小時。而接下來撐開帳篷，又耗費了蘇敏1個小時。棕色的帳篷直接被固定在車頂上，取下黑色保護套，打開樓梯卡扣，再用手扣著樓梯從車一側拉向另一側，帳篷就會立刻挺起來，力氣要夠大，中間不能停頓。蘇敏還不熟悉操作，這個拉起帳篷的過程，她重來了3次。

撐開的帳篷像一個玩具小屋，有呈弧形的頂，也有通風的窗戶。

「床墊都是提前鋪好的，就壓在帳篷裡面，但還是要弄被子、燈、電源什麼的，還不夠熟悉，得慢慢來。」蘇敏的手機仍舊在對著她，而她也不能停掉這樣的自言自語。

直到夜幕真正降臨，蘇敏才關掉手機錄影。她把剛才收進後車廂的桌子再次搬出來，從桌子下的隔層裡拿出盥洗用品。

「來的時候就問好了，有水，有廁所。」

蘇敏端著小盆子，朝公廁走去，簡單地洗了個臉，上完廁所，就趕緊小跑了回來。

「還是有點不放心，帳篷搭起來了，裡面還有東西。」

蘇敏說不上來，她不曉得自己是真惦記帳篷裡那些東西，還是懼怕陌生。不過，當她鑽進帳篷裡，把能和外界連通的拉鍊拉上後，長吁了一口氣。帳篷裡的燈，散發著溫和的暖光，蘇敏把睡衣換上後，趕緊躺了下來。她想了想，傳了訊息給女兒：「一切平安。」

爾後伸手關上了燈。

露天停車場緊靠著馬路，不時傳來的國道上的喧囂，是唯一填充這裡寂靜的聲音。在黑暗的帳篷中，在露天停車場的幾盞微弱的燈下，似乎什麼都沒有發生過，蘇敏沉沉地睡去。

帳篷裡的夜，沒有惱人的鼾聲，蘇敏睡得格外安穩，以至於第二日醒來，已經過了9點。

起床換上一件天藍色的短袖，蘇敏順著帳篷上的樓梯爬了下來，在家睡了4年多上下鋪的她，爬起眼前的樓梯，駕輕就熟。

不過在收帳篷的時候，她有些不熟練。從早上9點半開始，一直弄到快11點，東一下、西一下，不是左邊凸出來一塊，就是右邊露出來一大截，怎麼都合不上。最後沒辦法，蘇敏看到一個來取車的年輕人，託他幫忙，才收拾妥當。

「謝謝，謝謝，實在太麻煩你了。」蘇敏覺得有些不好意思，連忙道謝。

「沒事，只是大姐你還得加強練習，下次遇不到人，你也要收得好。」他倒也是用心，一直叮嚀。

白白耽誤了一上午，蘇敏隨意吃了點昨日帶出來的牛奶、麵包。

手機上收到女兒傳來的訊息：「你走了，他就出門打球去了，沒有問過你。」

看完訊息的蘇敏沒有回覆，她跑到車後，拿出後車廂櫃子裡的梳子和髮飾，把頭髮高高地挽起，用髮飾固定，緊緊地貼在頭皮上。

這樣的造型似乎是為了區別過去。只是，頭頂上有些花白的色彩，渲染著她的過往，大約這就是半輩子苦難的印記。蘇敏不願接受年齡的桎梏，用少女的頭飾，刻意返回少女時代。

「換個髮型，出發。」

最終，蘇敏也沒有買票進入小浪底大壩工程裡頭參觀。她只是開著車，順著外沿的路，看了看。水庫早已變為社會的一部分，沒有任何自然延伸出來的支脈，連觀景碼頭都是為了一個理由而存在。而蘇敏心裡，更喜歡自然的事物。

「黃河也瞧見了，大壩也看到了。」

「出來自駕旅行，怎麼開心怎麼來。」對於沒有買票去參觀，蘇敏認為完全正確。

隨意逛完後的蘇敏，沒過多停留，開著車一路往南。在路上跑了幾天後，蘇敏覺得需要一個里程碑紀念。她把車停到了路邊，為自己錄了一段獨白。

獨白沒有任何的修飾，簡單、直接、乾脆，像極了蘇敏的性格。

只是印在螢幕前方的臉頰，被兩道如同溝壑般的眼圈壓著，以至於看上去混沌感十足。

幾分鐘的自我陳述裡，蘇敏將出逃原因和目的，說了個大概。那些關於性格的不和、理念的衝突、世俗的壓力、情感的淡漠轉換成了短短的幾句話。

「壓抑再壓抑，這種日子真的沒辦法過了。」

「都這個年紀了，孩子都大了，也有自己的生活，我該走出來了。」

說完最後一句話，蘇敏切斷了影片。

「說出來就安心了，至於別人怎麼想，那又何懼。」幾十年累積的悲傷使她除了自己以外，暫時忘記了一切。

順著頭頂的太陽，沿著310國道，在沒有喋喋不休的說教氛圍下，蘇敏開著白色的小Polo等速向前。蘇敏知道，用不了多久，她將到達西安，跨過秦嶺，直抵巴蜀。

「那裡可有我的以前。」蘇敏想到這裡，不免嘴角上揚。而這個動作，她不曾看到。

童年和救贖

敏感的她，從童年起就注定被期望和絕望這兩個詞折磨。母親對她的管教，近乎苛刻。如果不經同意，蘇敏連頭髮都不能隨便剪。「想要爸爸、媽媽對弟弟們的那種愛。」身為長姐的蘇敏，這樣的話從來不敢說，但是在睡夢中，她又像說了千萬次。

1 ____ 格桑花

蘇敏的以前，有一部分是屬於西藏的。

在她出生前，父母參加了援藏工作，從河南遷到了西藏昌都，蘇敏就這樣，呱呱落地在了高原。這個和父母的故鄉河南省周口市扶溝縣相距2500多公里的異域高原，成了蘇敏18歲前的家鄉。

「以前不覺得是家鄉，年紀越大，越想。」蘇敏時常和女兒杜曉陽嘮叨。

「那就回去看看，我也想去看看。」女兒總是體貼，安慰她也讓她心裡舒暢。

考完大學後，蘇敏就再也沒有回去過。在蘇敏考大學前一年，父母調回了河南。他們帶著弟弟們回到了蘇敏夢裡才會出現的家鄉，留下了蘇敏一個人。

臨走時，父母幫她交了最後一年的學費，留了一點生活費。

「你考完大學再回來，我們要帶弟弟們先走。」

「這麼大的人了，也要懂得照顧自己。」作為一家之主的父親，做著一貫的安排。這一次，也不例外。而母親，因為身體孱弱，早已喪失了家庭話語權。

蘇敏記得，父母和弟弟們走的那天，瀾滄江水位上漲，在一場暴雨後，江水直接漫過堤壩，打進了學校。

「再大的水，他們還是會走，不會帶我。」

在後來的生活中，蘇敏總能夢見那天的場景，零零散散的一些片段，組裝不上，有些像蘇敏在家裡的位置，零零散散的。

太早擁有自由，使得蘇敏像扛著沉重的包袱一樣，扛著自己的命運。但還在花季的她，卻徬徨得不知去向。

父母走後，蘇敏搬到了學校寄宿，整個世界裡，理所當然只剩下學校、老師、同學。

「交了好多好朋友，她們大多都來自四川。」家庭時常讓蘇敏感到壓抑，但朋友總能紓解憂鬱。在這個世界上，蘇敏暫時落單了，但並非全然身在荒野。

高中最後一年，蘇敏終於完全「占有了」格桑花。在下課時間，她會和幾個好朋友跑到學校後山的凹地裡，沒有什麼草根植物的凹地，卻長滿了玫紅色的格桑花，在午後的陽光下，紅得耀眼，像是受創後的世界裡的另一種生機。蘇敏喜歡在那裡躺著，父母走後的日子，幾乎每天她都去。

「以前下課要趕著回去煮飯給弟弟們吃，現在時間終於屬於自己了。」蘇敏試圖用這樣的行為，找回之前遺失的種種。即使她擁有了整山的格桑花，失去的部分，卻根本無法補回來。就像蘇敏童年缺失的陪伴，也補不回來了。

這一次聽說蘇敏自駕旅行，幾個老同學都打來電話，叫她一定要路過他們生活的城市。朋友們都說想要見見她，當年的分別，讓友情在隨後的歲月裡沉寂了幾十年，但再一次觸碰，又復燃得毫不費力。

「那個時代的感情，純粹，沒那麼多道理。」蘇敏現在回想起原來的花季歲月，總覺得其實遠遠幸福於而後的婚姻生活。

「沒有那個時候作比較，怎麼知道後來的人生一場糊塗。」

「總歸出來了，還有半輩子，再來過。」蘇敏倒是很會自我排解。

就像她肩負著「母親」職責的時候，也總是一遍遍自我排解。

考完大學後，蘇敏就回了河南，連成績都沒等。

母親寫信來，要蘇敏趕緊回家，說自己身體越來越不好，照顧弟弟們總是力不從心。回到家那天，母親說蘇敏身體變得結實了，看起來不像一年前走的時候那麼纖細。

在蘇敏的耳朵裡，只覺得自己強壯得可以幹更重的活，分擔更多的家庭瑣事。

「等著大學放榜，希望能考上，去念大學。」蘇敏依然有點小心思，想讓這種沉悶的生活存在新的可能。

最終，蘇敏的成績離自己填報的學校差了2分。聽說成績出來時，蘇敏有些害怕，父親找了以前工作的同事去學校看了榜，這才曉得。

新世界在蘇敏的腦海裡，陡然出現後又快速消失。沒去成大學的蘇敏，進了當地的化肥廠，成為一名工人。

「可以直接賺錢，還有糧票，也好。」對於父親這一次的安排，蘇敏心懷感激。

在2分的鴻溝下，當年的感激，也是最好的選擇。

多年後，蘇敏在輔導女兒讀書的時候，無意間看到新華字典上的一句話：「張華考上了北京大學；李萍進了中等技術學校；我在百貨公司當銷售員：我們都有光明的前途。」那一刻，蘇敏一言不發，握緊了拳頭，滿眼淚光。

2 ___ 童年

往西安去的路上，太陽很曬。必須戴著近視眼鏡開車的蘇敏，沒提前準備墨鏡。

「覺得用不到，買還要花錢。」在準備物資的時候，蘇敏很自然地劃掉了這一項。

「不過這太陽，確實讓人有點看不清路，怪不得說要戴墨鏡。」

沒有將自駕必備品準備齊全，蘇敏有些後悔；對她來說，盡最大可能的節儉才是標準。北方的太陽在任何時節，都像不會告退似的，耀眼地掛在天空中，也不管是否合時宜。日常很少開車的蘇敏沒想到，也是正常。就像她沒猜到昌都的太陽，亮得眼睛睜不開。

昌都在西藏的東部，與四川隔江相望，地處高原，不像緊鄰的四川省，終日霧氣縈繞。

蘇敏時常覺得，昌都的太陽大到彷彿天際線就在眼前，伸出手就可以抓住。在林場生活，人們不得不總是在土質偏弱、空氣稀薄、不太茂盛的樹下遮陰。從鋸木場旁邊的一個縫隙穿過去，到了房子的後坡，那裡總會有大片的格桑花。深深淺淺的花似乎籠罩了整個屋頂。

那個年代幾乎沒有玩具，自然界出現的一切巧合都可以成為遊樂的場所。弟弟們總是在這裡玩，從坡上往下滑，蘇敏也想往下滑，她體會過一次那種有些失重的感覺，「像心丟了，暫停了一下，腦子都空掉了。」

但僅有的一次放空，以回到家後得到的一頓訓斥結束。

「我沒有時間、沒有力氣來幫你洗衣服，你多大的人了，還不懂事。」母親的斥責倒灌入耳，蘇敏不敢申辯。

敏感的她，從童年起就注定被期望和絕望這兩個詞折磨。母親對她的管教，近乎苛刻。如果不經同意，蘇敏連頭髮都不能隨便剪。

母親也沒全錯，她常年身體不好，一年到頭，要在醫院待上五六個月。父親經常不在，蘇敏應該懂事聽話，應該照顧好弟弟們。

從某種程度上來說，這種根深蒂固的性別偏愛，對身為女性的蘇敏來說，也不是全無好處。沒有那麼多人寵愛和在意，沒那麼重要，她反而更能早早地獨立成長。雖然這樣的好處也並不牢靠。

事實上，蘇敏做得很好。

早上煮好早飯，讓弟弟們吃了她才去學校。到了中午下課的時候，她還要偷偷跑回來煮午飯。那個年代，還是劈木頭生火煮飯，短短的下課20分鐘，被蘇敏利用到了極致。

「我現在劈柴生火，一手絕活。」蘇敏每次在營地用爐子生火時，總會回憶一番，只是她幾乎再也沒有機會去展現這一項拿手絕活。

林場裡沒有幾間房子，大多離得不近，「還好太陽下山得晚，不然真嚇人，有野獸的。」蘇敏除了照顧弟弟們的日常，還要確保他們的安全。

天色暗下來，蘇敏總會趕在星星出來前，把弟弟們帶回家。在蘇敏心裡，摸黑走路更可怕。

「不聽話，我也總是打他們。」

「沒辦法，兩個弟弟，我一個人，還是費力。」更多時候，頑皮得以在弟弟們身上凸顯，像是一種專屬於他們的特權。

即便還是個孩子，當時的蘇敏卻拖著不到一四〇的小身軀，日常肩負了母親的職責。過早的責任，讓她不敢多言和訴說，只能在獨處的時候，把頭深深地埋進課本裡。

「那個時候，書本讓人忘卻了一切，即使我總能聽到外面的鋸木聲，那也是好的。」

極度的沮喪和勞累讓人發狂，這是昌都林場折磨蘇敏的又一個方式。

「現在想起鋸木頭的聲音，就心裡發毛。」在林場帶著弟弟們生活的那幾年，她總是在盼望著回到河南。她以為只要換了一個地方，自己的生活就會有所改變，這樣的臆想，也只能存在於不滿15歲的蘇敏腦海裡。畢竟那是個有夢的年紀。

「還好不缺水，不然就太苦了。」蘇敏總是在早上上學前為家裡打好水。她習慣提著一個空桶，走過一段有些雜草碎花的小路到河邊，用手攪動一番，再將水舀進水桶，呼吸、眺望片刻，再回家。

蘇敏喜歡水，她上學的學校靠著瀾滄江，林場也靠著瀾滄江。

這條母親河，因為水流異常湍急，未有機會成為黃金水道。它只能用極限的流量，無條件地滋養沿途的生靈。

有時候，沒有把握好極限，城市就會淹水。就像蘇敏一樣，也總是把握不好一個分寸。

「想要爸爸、媽媽對弟弟們的那種愛。」身為長姊的蘇敏，這樣的話從來不敢說，但是在睡夢中，她又像說了千萬次。

出來一週後，蘇敏接到了弟弟的電話，催著她還錢。爸爸去世後，留下幾萬塊錢的安葬費，當時蘇敏急需用錢，就挪用了2.5萬。爸爸去世前，三弟覺得自己照顧得最多，安葬費應該悉數歸他。

前幾天，弟弟從蘇敏朋友那裡得知姊姊出來旅遊的消息，氣急敗壞，打電話來跟她鬧，要跟她斷絕關係：「你有錢出去自駕旅行，你就沒錢還給我？」

蘇敏不想解釋，「你說什麼，他都不能理解，那你還說什麼。」

「小浪底大壩下的黃河水，渾黃；瀾滄江的水，深青色。誰也搞不懂誰，同一個道理。」

但離開多年，蘇敏念念不忘的，還是童年的場景，而這筆錢，蘇敏打算盡快還掉。

就像老師口中常說的：「瀾滄江的水，馬草壩的花，祖國遍地是紅花。」這個情節也在蘇敏記憶中捂著，捂久了，不知什麼時候變得溫暖起來，每每念到，就像是回到了那個年代。畢竟在那個時候，弟弟們也還可以受她管束，聽她安排。

「那個時候，總喜歡看天，藍晃晃的。」雖然不能肆意釋放軀體裡的頑皮，蘇敏總能找到暫時的寬慰。

「時常能看到飛鳥，還有老鷹。」那些飛禽擁有極度自由，如裂雲斷帛衝向天際，去到任何想要去到的地方。

而現在，在310國道上飛奔的蘇敏，也像多年前抬頭尋覓到的飛鳥，正在奔向想要去的地方。

3 ___ 憂鬱症

在西安待了四五天，要花錢的景點蘇敏一個都沒去。這個有十三朝古都之稱的世界歷史名城，隨處都是景點，就連在西安蓋地鐵，都可能挖到文物。

「感受一個城市，有很多種方式。」在蘇敏的認知裡，探尋城市的途徑是菜市場、公園、市集。她喜歡把自己置身其中，雖說是一個突然闖入的外地人，她卻在用自己的方式，快速地感受本地人真實的生活場景。同時，這樣才能節省錢。

蘇敏喜歡在不同的市場裡感受當地人的生活氛圍和特色。

比如，剛到西安的那天，蘇敏先在網上團購了一個洗澡的券。

「十幾塊錢，好好搓一搓，看看和鄭州的有什麼不一樣。」精打細算下的享受，蘇敏感覺良好。

「等到了南方，沒有澡堂，就只能定期住一晚飯店，青旅也可以。」

對此，蘇敏心存僥倖，也早有打算。

在西安市區邊的一個收費的露天停車場駐紮後，蘇敏坐地鐵去了趟回民街。

「我還以為地鐵是在地底下的，沒想到，還跑上了天。」這是蘇敏對西安地鐵最直接的印象，而這樣的印象，在後來蘇敏去了山城重慶後，再一次被顛覆。

回民街對於西安本地人來說，或許不是最好的尋找美食的地方，他們更常選擇那些散落在城市各處的小店。這些隱秘的小店，藏著每一位常客的味蕾喜好，也藏著他們的過往。

「路過潼關的時候就想買個肉夾饃，最後卻在西安實現了。」

在回民街一家排長隊的肉夾饃店門口，蘇敏感慨道。她慶幸自己前日的錯過可以彌補，也慶幸有時間來得及彌補。

在蘇敏的心裡，當地才有的食物，可以快速拉近她與本地人的距離，蘇敏不想錯過。而透過食物，也可以無意間碰觸到別人的內心，拯救一個靈魂。

在露天停車場駐紮幾日後，蘇敏發現停在自己車旁的一輛露營車，一直沒有移動過。這樣的情形，並不多見。而她總是拿著個手機在那裡錄影，同樣也引起了對方的關注。

「吃飯了嗎？我們今天多煮了一些飯。」快到晚飯時間，露營車的男主人朝蘇敏問道。

「正準備煮點麵吃。」

「那一起吧，我看你這兩天總是吃麵。」

蘇敏不好推脫，出門在外，總是無法避免的時常麻煩別人。露營車裡住的是一對50歲左右的夫妻，丈夫看起來精神還算不錯，妻子不知是不是因為沒有休息好，頭髮凌亂，整個人透出一種悲戚的調子。

「是不是住得不習慣，我看你眼圈有些黑，像是哭過。」蘇敏的關心，就像她的性子一樣，從不繞彎。

「露營車比我的帳篷強多了。」看著女主人不說話，蘇敏這才覺得剛才的話有些越界，趕緊又找了個話題。

「不是，我們不是出來旅遊的，是有事。」

聽到女主人這麼說，蘇敏更覺得奇怪，有事的人，怎麼不去辦事，反而幾天都在停車場待著，也不動。

長了教訓的蘇敏，沒有追問。反倒是男主人朝蘇敏開了口：「你怎麼老是拿著手機在錄，你是做什麼的？」

無所謂向陌生人吐露過去的蘇敏，把自己為什麼出來的原因說了一遍，慢悠悠地，像是在說別人的人生。旅行才開始十來天，蘇敏內心的變化，已然向前奔了好幾年。

「我已經開始找到出逃的意義，它使婚姻的枷鎖變得遙遠，同時又延伸了我的快樂。」說出這種話，蘇敏自己也嚇了一跳。而說完話後，看著蘇敏從口袋裡拿出一盒帕羅西汀（Paroxetine）的女主人，更是嚇了一跳。

「你有憂鬱症？」

「對，我有憂鬱症，還是重度。」蘇敏不避諱。

「看不出來，看不出來，一點都看不出來。」

「怎麼，你曉得這病？」

「曉得，曉得，我們就是為了這病才來的。」女主人那低垂著的腦袋，終於抬起來看著蘇敏，低沉的語調中帶著些激動。

或許是某個節點，瞬間就拉近了女主人和蘇敏的心。出來後，蘇敏明白了一個道理，有些人你總是認為難以接近，其實不然，只要你自己變得容易接近一點就可以了。

看著眼前這個被黑夜籠罩了半張臉、緩緩張口訴說的女人，蘇敏這才知道他們一直在這裡的緣由。

夫婦倆唯一的兒子在西安念大學，幾週前，學校打電話來，說找不到兒子的人了。夫婦倆趕緊從外地過來，找了四五天，總算在一家網咖尋到兒子。

苛責還沒有開始，兒子就又跑了。跑之前，他傳了訊息給父母，說如果他們繼續找他，逼他，他就去自殺。

兩人嚇壞了，趕緊聯繫學校老師，好在兩天後，兒子又回學校去了。

「我們也沒有逼過他啊，怎麼會這樣？」妻子無法理解兒子為何會說出這樣的話，就像兒子也無法認同父母對他所做的一切。

「從小到大，我們都是以他為重，除了讀書，什麼都不讓他操心。到了大學，怎麼會這樣？」

「自從孩子去上大學後，我們每天一通電話，生怕他過得不好。」

「上次他跑的時候，醫生說他有憂鬱症，我沒辦法接受，為什麼就憂鬱了？」對於「憂鬱了」這三個字，眼前的女子如鯁在喉。

「我理解他。先吃藥，再放開孩子的手。」一向以粗線條示人的蘇敏，在關鍵時候邏輯卻異常清晰。

「不吃，聽說送去的藥，他都丟了，也不准我們去學校。我們只能借了朋友的露營車，開過來停著，以防萬一。」

「畢竟不知道要住多久，有個車能住，能節省些。」

聽完這些話，蘇敏已經大概猜到了男孩的癥結所在。在孩子眼中，父母極盡的愛，是一種枷鎖。在基本生存需求滿足之外，他有著另外一種渴求，只是沒人在乎。

蘇敏有些觸景生情。她想著，如果沒有出來，自己命運的最後那部分，會不會也是以一場自殺終結？

「請老師拿藥給他吧。傳個訊息給孩子，說你們走了，以後的人生，讓他怎麼高興怎麼做。」

「最重要的是，道個歉。」蘇敏是熱心的，也心疼這個孩子，雖然他們素未謀面。

「吃藥沒什麼的，只要肯去面對。我覺得要不了多久，我就可以不用服藥。」蘇敏笑望著眼前的露營車女主人。在夜幕下，女主人的嘴角微微歪斜，她在努力平復自己的情緒。同時，她一邊點頭，一邊用手緊緊地握著蘇敏，回以感激的凝視。

4 ____ 第一場雨

那天夜裡，下了出發後的第一場雨，雨不大，有些像是天被捅破後的哭泣。

「讓這個世界都洗個澡、喝點水，明天就會有新的生機。」

第二天一早，蘇敏起床發現掛在帳篷頂支架上的除濕袋漲滿了水。一夜的細雨，讓帳篷內部變得潮濕，有一股黴味被濕冷的氣息壓住，不時透出來。蘇敏拿起手機查詢了天氣預報，知道未來幾天都會有雨。她決定不再停留，越過秦嶺，趕往成都。

秦嶺山脈是中國地理的南北分界線，而蘇敏計畫用兩天的時間翻過這群山脈。

「第一天趕到留壩縣，289公里。」出發前，蘇敏將那個天藍色的水箱灌滿水，把2.4升高的熱水壺也灌滿熱水。

「我走了，你們也好好想想，走吧。」臨行前，蘇敏去和昨日那對夫婦告別。

「藥，孩子收下了。聽你的，我們也準備開車回去。」長時間在內心盤踞的疑惑和惆悵，一夜之間被舒展。蘇敏看見眼前這個女人把頭髮梳了起來，纖細的身子裹在一條及膝的紅裙裡，眉眼間閃爍的皺紋，像起伏的山路，不時忽現。

「你真好看，如果以後多笑笑，會更好看。」蘇敏一邊說一邊咧嘴笑，本來就寬的門牙縫，因為笑似乎變得更開了。

「好，以後我會時常看你發動態。你拯救了孩子，也拯救了我。」

女子上前一把抱住蘇敏，這樣的擁抱，有她們的意義，存在於中年人之間，更存在於女人之間。

鄭重其事地擁抱後，蘇敏鑽進了駕駛座，她感覺眼窩裡有淚水，不想被看出。收拾好的蘇敏，把一部手機架在中控的前方，繫上安全帶，繼續往前開。導航上此刻顯示著，她需要從319縣道匯入310國道，再從310國道進入眉太線，深入秦嶺腹地。

秦嶺的山巒，高低起伏，地勢整體輪廓極為險要。依山而建的盤山公路，狹長蜿蜒，更甚十八彎。在上山的途中，從岩壁上不時有水流下來，水色深得發青，像是從山岩脈系裡分泌出來的，最終匯成各支細流。它和參天植被落下的葉子一樣，經歷著年歲的清洗。

走了4個多小時的蘇敏，像是到了山頂。秋日的陽光在山澗中變得柔和起來，霧靄在群山峻嶺中升起，將整輛車緊緊地包裹著。

「能見度大概不到200公尺。」沒能找到合適的停車點，蘇敏吃了點麵包。她想越過氤氳的霧氣，盡快下山。

「幾乎沒什麼車，十幾分鐘也看不見一輛。」在盤山公路上停車，彎道視野不佳。蘇敏走了好一程，總算把車停靠在一個相對筆直的路段。她下車打開手機，錄了一段影片，傳到了家人群組裡。

「景色太美了，一會兒在下雨，一會兒又出太陽，走過了四季似的。」蘇敏一邊錄影，一邊補充說明。

「就是太陡了，太陡了。」

在空無一人的山間，蘇敏的眼光四處遊弋。這支小影片，在家人群組裡沒有引起讚許和討論，只有女兒杜曉陽說了一句「注意安全」。

看到女兒的回覆，蘇敏合上手機，深吸了一口氣，有一種被人世疏離後的悲涼。而此時的空氣，透徹無雜質，直搗肺腑而無害。

「舒坦，繼續趕路，躲過雨雲。」

最終到達留壩縣，蘇敏用了7個多小時。她沒有打算自己做飯，跑了一天的山路，精力過於專注，人有些累。

在縣城邊找了個停車場紮營，蘇敏就近吃了一碗麵。出來到現在，這是蘇敏最辛苦的一天。好在她從不走夜路，到了傍晚就找地方停車搭帳篷。

睡到半夜的蘇敏，被「喀嚓」的聲音驚醒。摸著黑坐起來的她，不敢再動，瞄了一眼手機，時間剛過凌晨1點。

「難道有人爬梯子，有小偷？」這是蘇敏的第一反應。

「也不會呀，昨晚睡的時候，雖然沒看見露營車，也有些小車停靠，還有路燈、監視器，誰敢？」蘇敏立刻否定了之前的猜想。

否定了想法也還是不敢打開拉鍊，只是蘇敏沒有再聽到那個聲響。她就這麼呆坐著，聽著雨水敲打帳篷的動靜，呆坐著。

「像個傻子，不敢動。」蘇敏事後想到自己的行為，覺得有些好笑。

大概過了半個小時，蘇敏決定拉開簾子看一眼。她打開手機上的電筒，弓著身子一把扯開拉鍊，用極快的速度探出頭去，發現是連接帳篷的梯子滑掉了。

由於一直下著雨，昨夜上床前，蘇敏有些匆忙，沒有把梯子卡扣卡緊，雨一大，梯子滑掉了。

虛驚一場後，蘇敏才撥開帳篷裡的燈，自己順著帳篷的邊緣，往下滑去。

等把梯子重新卡緊後，蘇敏這才爬回帳篷內。經過了這番折騰，聽到雨擊打帳篷的聲音越來越大，她越來越不安心。

「會不會扛不住這麼大的雨？」

「真是，為了躲雨，結果還是跑到雨肚子裡了。」自言自語也安撫不了她的擔憂。

在秦嶺深處，頂著傾盆大雨，一個外來客，獨自享受著黑夜的侵襲，的確讓人不安。蘇敏一直乾坐著，在不知過了多久後，終被睡意拯救。

5 ＿＿ 帳篷

蘇敏不是不相信帳篷，她只是擔心花了3000多塊錢買了最貴的東西，是否能經得住考驗。一旦帳篷經不住雨水的考驗，那自己的旅行也將經不住考驗。

第二天，蘇敏萌發了存錢買個露營拖車的想法。這個想法，在出行之前從未有過。一是拖車最便宜也要六七萬元；二是自己並不瞭解。

自從買拖車的想法在腦子裡萌芽後，就再也壓不下去了。

「再存錢，就像買車一樣，慢慢存。」

蘇敏現在的車，是2015年買的。在超市打了兩年工，加上女兒給了3萬塊錢，她分期兩年買了這輛車。

「沒有這輛車，哪裡來的開始？」蘇敏對幾年前買車的行為感到慶幸。更加慶幸的是，自己早在2013年就考了駕照。

「一次全過，不像他，考了幾次才成。」對於此事，蘇敏還有些得意。這些細微的區別，能讓她找到一些平衡，來維繫幾十年疲乏的婚姻生活。

「不過，ECT卡還是他的。」蘇敏總是習慣性地把ETC念成ECT。出發前一天，丈夫老杜說要拔掉車裡的ETC卡。

「我要把卡拔下來，這一路上不曉得她要花多少錢。」丈夫老杜說話時的神態看不出他的意圖。

「我走國道，不會用你的。」因為沒有提前去辦理銷戶，蘇敏沒有辦法去開新的ETC卡。

像是沒聽見蘇敏說話，老杜從沙發上站了起來，準備去拿放在餐桌上的車鑰匙。剛起身，就被女婿阻止了。

「媽出門在外，有個卡方便些，到時候如果用了錢，我們給你。」聽到女婿這麼說，老杜才作罷。

也因為這樣，這是蘇敏帶走的唯一一件屬於老杜的東西。就像蘇敏不管走多遠，兩個人暗地裡的連接，怎麼都剪不斷。

帳篷經受了一夜大雨的考驗，挺了過去。蘇敏也因為一夜的折騰，睡了個懶覺。一場虛驚後，蘇敏反倒有些高興，像是一個人扛過了巨大的困境，獲得了最終的勝利。

「今天要走出秦嶺，看能不能趕到成都。」雨沒有要停的意思，胡亂地把衣服套在身上，蘇敏爬出了帳篷。怕樓梯不穩，她下來的時候異常小心，直到在地上站穩才鬆開護欄上的雙手。

小跑到後車廂，找了三五分鐘才把雨帽掏出來。雨帽其實就是沒有手柄的雨傘，它多了個卡環，可以直接戴在頭上，有些像農村用的那種竹子編製的斗笠。

蘇敏把這頂紅色的雨帽卡在了腦袋上，出於謹慎，她刻意壓了壓卡口，以防帽子滑落。戴著雨帽，穿著紅色T恤的蘇敏，像一個蘑菇，圍著車，四處搖晃。

「帳篷外面都是水，趕緊走，找個不下雨的地方，曬一曬。」蘇敏擔心帳篷外面的雨水對篷面會有損害。

不過等蘇敏收拾完畢離開停車場，已經過了上午9點。

從留壩縣到成都，要走將近600公里的國道，白日裡不易趕到。研究了一番路線後，蘇敏決定趕到綿陽服務區住一夜。這樣，省去找營地的時間，可以多開點路程。

「就是就近上個高速公路，住在休息站，第二天再就近下去就可以。」

出來十幾天後，蘇敏在趕路的時候，得到了一個住宿過夜的經驗。

「加油站不讓人睡，說不安全。」在去西安的路上，有一晚蘇敏想住在加油站邊。她想著加油站有人，安全。但沒想到，剛把車停在加油站邊，正要搭帳篷，就被人勸離了。

「不能在這裡住，更不能有火源。」上前的人對於像蘇敏這樣自駕旅行的人，見怪不怪。

「好好好，馬上就走，我都不知道。」從那之後，每次錄影片，蘇敏總要對粉絲建議住在加油站邊這個問題，解釋一番。

十月金秋，是秦嶺賞紅葉最好的季節，七十二峪裡每處的風景都不同。從留壩出來後，蘇敏白色的小車行駛在244國道上，開得不快。隨車閃現的樹木，像是脫去了綠裙，換上了五光十色的外衣，遠遠望去，在金燦燦的陽光下，耀眼奪目。

蘇敏打開車窗，絲絲細雨夾著秋風吹過，樹葉發出了「沙沙、沙沙」的響聲。一些被雨打落的葉片，像是一朵朵紅花躺在道上，濕潤且鮮亮。

蘇敏心中異常舒暢，從褒斜道出來，上了108國道，離成都越來越近，她不由得哼起了小曲。

在天色黑盡前，蘇敏趕到了綿陽高速公路服務區。在這裡過夜，是她一早就安排好的。就像要出逃，也是她早就安排好的。

「只要安排好的事，我就能做到。」

這一帶，一直有雨。即使翻過秦嶺到了南方，依然伴隨著層層霧氣。作為川陝地區最重要的樞紐，這條高速公路上車輛往來頻繁，以至於半夜3點，仍有卡車轟隆隆呼嘯而過。

不曉得是干擾聲過大，還是因為連日陰雨，帳篷裡充斥著潮氣。

蘇敏在被子裡輾轉反側好一陣後，突然坐了起來，用手死死壓著胸口。她感到有些悶痛，出不了氣，像一隻將死之魚被扣在碗裡。她用拳頭捶了好半天，才抱著一隻猴子玩偶又躺下。

這隻猴子玩偶是杜曉陽買給孩子的。看孩子們不怎麼玩，蘇敏就一直擺在自己床頭。這次出來，蘇敏很自然就帶上了它，也說不上為什麼。

「出來到現在，幾乎每夜都抱著它睡覺。」

「好像很踏實。」

婚姻的牆

「算帳，算帳，每天都是算帳，家庭的帳到底該怎麼算？」

蘇敏越來越懼怕兩個人面對面坐下的時候。每週核帳的時間，像是被按下了暫停鍵，她對家的愛，也漸漸被這種畏懼按下了暫停鍵。到現在，蘇敏都很怕有人在她面前說「算帳」兩個字。

1 ____ 結合

蘇敏想要的踏實，是原生家庭給不了的。

大學落榜回鄉後，第二年她就進入父親工作的化肥廠，成為一名化驗工人。這是父親的安排。從西藏調回來後，在這件事情上，父親沒有馬虎。

在化肥廠工作後，蘇敏感覺日子反倒更加難過。得了一部分補償金回河南的父母，需要購置住處。

之前在西藏，他們一直住著林場的房子，根本沒有買地蓋房子的概念。為了有個長久的住處，父親買了一塊地，蓋起了幾間平房。花去了一大半補償金後，父母的工資再來養活一家人，有些吃力。

等到蘇敏每月按時上繳工資時，她才恍然，父親迫切為自己安排工作的真實意圖。

即使這樣，收入也並不足以讓「整個家庭」光景寬綽。

「我想逃離原生家庭，很想。」

蘇敏以為開始工作後，父母對自己的態度會有所改變。她以為可以從桎梏中解放出來，也可以重拾父母的關愛。但當將工資悉數上繳的時候，思考上她無法說服自己，行為上又無法反抗。

金錢不能自我支配，自由也不行。一起上班的同齡女孩都住在宿舍，下了班一起唱歌、逛街、玩鬧。父親規定蘇敏必須回家，不管多晚。

蘇敏心裡明白，身為長姊的她，必須為家庭做貢獻，無論是經濟上的貼補，還是體力上的付出。每天下班，她需要盡快趕回家，幫忙料理家裡的雜事。

「感覺日子越過越差，即使我上班，錢也不夠花。」蘇敏到現在都無法理解。

她甚至會去想，是不是因為青春期太過勞累，被繁重的體力活壓住了身體，而食物都讓著弟弟們先吃，自己才會只有155公分的個頭。

「他們都比我高，應該是。」

工作幾年後，工廠裡的女孩大部分都結婚了。她們清一色選擇在20歲成婚，婚後馬上著手孕育後代。和她一樣年齡的，孩子都好幾歲了。蘇敏漸漸聽到一些流言，有人說她是從西藏回來的，架子大，眼光挑剔。

蘇敏不懂什麼叫挑剔。出生到現在，自己從未墜入過愛河，上班幾年，也不曾有人說喜歡她。

「這就是挑剔嗎？」蘇敏連試圖窺視一眼何為戀愛的機會都不曾有過。

熬到23歲，蘇敏坐不住了，迫切地想要進入婚姻。在她當時的判斷裡，只有換個地方生活，才能自由地支配自己。

結婚似乎是最好的出路。在20世紀80年代，想要結婚，也算一件易事。那個時代，自由戀愛往往會被外人視為不妥，最好的途徑，就是透過媒人介紹，穩妥且安全。

很快，經由工廠裡一個中間人的介紹，蘇敏認識了現在的丈夫，老杜。

聽介紹人說，老杜在鄭州市上班。兩個人相隔兩地，這也造成了在結婚之前，他們只見過兩面的局面。

第一次，老杜去蘇敏所在的化肥廠接她，兩人在工廠外面的小館子吃了頓飯。第二次，老杜上門提親，在蘇敏家中吃了頓飯。

看男方有工作，不多言語，父親也就同意了。雖說後來父親沒有得到他想要的500塊錢聘金，但也不能再食言。

「那時候他就捨不得，只是我沒在意。」

「我根本就沒想過自由戀愛。人都不自由，怎麼可能戀愛自由？」對於當時的選擇，蘇敏認為符合當時的需求。

這個錯誤的理解，讓蘇敏滑入了不期然的婚姻裡，結果可想而知。

兩次見面，兩頓飯，蘇敏就把自己安排好了。結婚後，蘇敏如願搬離了父母家，住進了員工宿舍。她和老杜分居兩地，定期見面，履行夫妻義務。

沒過多久，蘇敏懷孕了。她花了23年，才擺脫原生家庭的枷鎖，不到一年的時間，又跳進了婚姻的圍城裡。

「結了婚就生，那時候不都這樣。」

生下女兒後，蘇敏在婆婆家坐月子。42天的月子裡，丈夫老杜為她留存了30多年婚姻生活裡僅有的感動。

那個年代，吃肉算奢侈。婆婆家養了不少的雞，但婆婆不說話，蘇敏不願開口。

丈夫老杜似乎覺得眼前到處亂晃的雞，不殺一隻給蘇敏補補，也不太好。更何況，她還在月子裡。殺雞，便成為丈夫唯一一次主動提出的事情。

「他還專程做了一個彈弓，把雞從樹上打下來，燉了湯給我喝。」30多年過去了，這個情形，蘇敏時不時還能想起。她不知道自己為何會想起，就像她也不知道，其實自己的生活，老杜這個人的存在早已根深蒂固。

生完孩子沒兩年，蘇敏工作的化肥廠就倒閉了。化肥廠的倒閉，讓她丟了飯碗，也讓她徹底面對婚姻。

2 ____ 圍牆

帶著孩子去鄭州投奔丈夫，是當時唯一的選擇。丈夫老杜住在單位配給的一房一廳宿舍裡，蘇敏和孩子沒有去之前，還算夠用。眼下這一間屋子裡，塞進了三個人，有些局促。

失業後的蘇敏，因為孩子太小，只能被困在家，成為家庭主婦。

而沒有固定收入後，家裡的一切開支，她都得伸手。但她很快就發現，丈夫精於算計。日常相處中，最難受的一件事就是對帳。丈夫老杜似乎是有意要把這件事算清楚。

每週要給生活費的時候，蘇敏必須報告上週的錢都花在了哪兒。

不光是總額，丈夫要蘇敏把每一筆開銷都說得明明白白。

「要找到依據，知道去處。」

丈夫和蘇敏對帳的時候異常仔細，神情嚴肅，眉毛順著情緒起伏，彷彿他們是兩個陌生人。這種試探，讓蘇敏渾身難受，「距離一下子變得很遠。」她想要拉近一些，卻毫無辦法。

在金錢上刻意的計較，讓蘇敏覺得這是對自己的一種羞辱，更是一種懷疑。日常家庭生活中涉及的瑣碎之事太多，買菜、做飯、洗衣、打掃衛生，根本無法算到毫釐。

「給你的妻子和女兒花錢難道還要記帳嗎？」蘇敏受不了。她本以為，在適婚的年齡為自己挑選了一個「合適」的對象。但輕率的代價是，誕下孩子後，蘇敏猛然發現自己面對的是一個陌路人。

「算帳，算帳，每天都是算帳，家庭的帳到底該怎麼算？」蘇敏越來越懼怕兩個人面對面坐下的時候。每週核帳的時間，像是被按下了暫停鍵，她對家的愛，也漸漸被這種畏懼按下了暫停鍵。到現在，蘇敏都很怕有人在她面前說「算帳」兩個字。

大概過了半年，蘇敏在一次買菜後因為幾塊錢對不上，徹底與丈夫撕開了破裂的口子。她不能接受這種經濟制裁，也不想過伸手要錢的乞丐日子。

「自己打工賺錢吧，總比伸手要強。」

可是要做什麼工作，成為蘇敏的難處。孩子太小，離不得人。如果一整天都不在，那肯定不行。就這樣，一邊帶孩子，蘇敏一邊開始在裁縫鋪子打零工，「做衣服，計件。」

有一次蘇敏在忙，一個人在家的女兒自己學著煮了鍋稀飯，鍋子裡加了很多的米，卻只有很少的水，最後燒焦了，差一點傷到孩子。

那次意外後，蘇敏怕了好久。隨後她又換了好幾份工作，甚至還做了一段時間掃馬路的清潔工。

這份在黑夜裡開啟、見證日出的工作，蘇敏把它視為救贖自己的開始。蘇敏以為，只要自己可以開始賺錢，在家裡的境遇就會好一些。

那段時間，蘇敏白天照顧孩子、打理家務，晚上和孩子一起入睡。

入睡前，她會調好時間，趕在黎明前的黑暗中醒來。

「凌晨3點出門，掃到早上6點，就可以回家。」

這樣的安排，確實沒有影響帶孩子。但當蘇敏賺到錢的第一天，老杜和她就徹底變成了兩個「經濟獨立」的人。

丈夫沒有因此而變得尊重她，金錢上的算計和分割，讓兩個人漸行漸遠。

「從那以後，我們都是AA制。」蘇敏每次和好友說起這件事，滿是無語。蘇敏和好有一家做了十多年的鄰居，她羨慕對方的婚姻，從不掩飾。好友的丈夫負責賺錢，讓老婆負責保管，並隨意支配。

「她的衣服真多啊。」有時候兩個人一起去逛街，買了衣服回家，好友的丈夫各種花式稱讚，但蘇敏的丈夫，根本看都不看。

婚姻的幸福與否，不僅是在不在對方的眼裡，更重要的是在不在對方的心裡。蘇敏似乎並不太介意這些事，回想的時候總是望著遠方出神，臉上是一絲像被風霜凝結無法化開的笑容。

在兩個人變成了AA制婚姻後，丈夫買菜，她才做飯，家裡的一切開銷，全部同等支出，就連過節拜訪親戚，兩個人都是各自買禮物。

蘇敏記得在女兒結婚的時候，她想和丈夫老杜商量，可否一起包個紅包。畢竟同包一個紅包出現在女婿面前，才算正常。但這件事情，老杜沒有答應，用「你又不知道我要給多少錢，為什麼要放一起」拒絕掉。

至此，蘇敏再也不敢幻想丈夫對自己有所付出，也不再多提要求。

清潔工的工作沒有做太久，1995年，丈夫工作的單位建了新的房子，一家人就換了個住處，從一房一廳搬進了兩房一廳。換了房子後，蘇敏又換了一份工作——送報紙。那個年代，還是紙媒的黃金期。

她每天上午送完孩子去學校，就去領報紙。領到報紙後，她騎自行車挨家挨戶去送。需要送的量不少，但她手腳俐落，一個上午總能做完。

等到下午接完孩子放學，蘇敏晚上再找空閒去拜訪客戶。

「《大河報》在我們當地很多人訂，出名。」

因為時間靈活，且蘇敏為人真誠熱情，這份工資不高的工作，她一幹就是10年。10年裡，她換了新家，看著女兒一天天長大，自己卻從未能就地紮根，只是靠著微薄的工資，攀附在兩房的生活圈邊緣，像個局外人那樣生存。

3 ____ 家庭

在丈夫老杜面前，蘇敏是個局外人。在父母、弟弟們面前，她依然是個局外人。

「孔懷兄弟，同氣連枝。」蘇敏到現在都記得這句詩，但她卻無法理解。

父親過世後，因為工廠倒閉，蘇敏需要補繳一筆養老金，這樣在退休後，她才能領退休金。當時的蘇敏，自己的錢不夠，也沒辦法向丈夫要錢，就挪用了一部分父親的安葬費。

「當時母親說，錢就給我，這些年我也沒少為家忙碌。」

「這兩年又不認了，催著要我還錢，不還就斷絕關係。」這件事是蘇敏無法理解的。這麼多年過去了，蘇敏為家裡的付出，不但得不到回報，反而讓自己變得舉步維艱。

在出來旅行後，為了這件事，三弟和母親已經各自打來電話質問。

「說我不盡孝，我是不是該刮皮賣肉，他們才滿意？」

有一次，蘇敏的母親病了，她拿丈夫的醫保卡買了藥。第二天，丈夫就改了密碼。

有的時候，蘇敏要用車，跑了多少公里，丈夫老杜會根據耗油量，要蘇敏補齊油費。如果碰巧是蘇敏加的油，丈夫老杜卻不會同等計算。

他心安理得、肆無忌憚地享受著作為丈夫的福利。

「裡外都不是家人，我圖什麼。」

講起那段過去，蘇敏不掩飾，卻從不願意刻意渲染自己的困難。帶著笑意的臉上，看不出內心的波動，只是呼吸會變得急促。

18歲回到河南，23歲嫁人，24歲生女兒，36歲和丈夫分床睡，沒有人對蘇敏溫柔以待過。

女兒上大學後，蘇敏離開過幾年。那幾年，蘇敏二弟一家人在廣東佛山開傢俱工廠，聽到姐姐在找工作，就打電話叫她去幫忙管工廠。

為了逃避丈夫，逃避現實，蘇敏去了。去之前二弟說幫忙管工廠，去了後蘇敏發現就是打雜，煮飯、收貨、發貨、做倉管，大大小小的事情，只要叫她做，她都做。

包吃包住，但是從來沒有談過要給蘇敏多少工資。她也不好意思問，實在沒錢了，找到二弟，他就說叫她去財務那兒借。

「借？我怎麼好意思去借。再說了，借了也要還。」蘇敏心裡很清楚，一碼歸一碼。

要瞭解一個城市，最好的辦法就是到處走走；要瞭解一個城市的人，最好的辦法就是與本地人建立交集。在佛山3年，蘇敏一次都沒有去走走去看過，每天的生活都是圍繞著工廠。每當大門的金屬柵格像網子一樣閉合時，蘇敏就閉合上她一日的生活。

在她殘存的記憶裡，只有初到佛山那天，順著高速公路開往工廠的情形。除了路，四周全是工廠，傢俱工廠、配件工廠、油漆工廠、印刷工廠、沙發工廠……廠房上貼著亂七八糟的各色瓷磚，彷彿是為了呼應這個極具包容性的城市。在這片加速工業化的土地上，大車從未間斷，摩托車隨時隨地呼嘯而過，塵土飛揚。

蘇敏以為，這就是珠三角、沿海城市的全部面貌。她不知道，在不遠處，有高聳的建築，有寬敞開闊的馬路，有她見不到的繁華。

「這座城市是為機器而造的，不是為了人。」到現在，蘇敏也是這麼想的。

蘇敏沒有出去看的原因只有兩個：一是因為她沒有錢，二是她的工作離不開人。

唯一的一次，蘇敏去工廠馬路對面3公里遠的一家潮汕粥飯店，吃了頓飯。

「那個粥現熬的，真的是太好吃了。」到現在蘇敏也沒忘，出門旅行後，她用帶出來的不沾鍋煮過幾次稀飯，「不好吃，還是想著那個味道。」

這個味道也是3年佛山記憶裡最美好的味道，持續到現在。

女兒大學畢業後，蘇敏就回去了。

「回來吧，媽，別做了，他們也不給你工資，我畢業後也能賺錢。」女兒打電話來要蘇敏回去。她想著女兒已經畢業，不用住校，也就回去了。

在佛山待了3年，即使沒有工資，蘇敏也沒想過要走。

「比起單獨和他相處的日子，沒有工資，又算得了什麼？」對於婚姻，蘇敏早已閉上了眼。對於弟弟們的所為，蘇敏更是退讓。

在女兒結婚時，蘇敏找二弟要了1.6萬。

「沒辦法，女兒結婚，總得為她準備一點嫁妝。」二弟大概是覺得理虧，給得也算爽快。蘇敏後來想想，那幾年，二弟也還是總共給過1萬塊錢左右的生活費。

不知道是不是這些緣故，丈夫老杜一直不喜歡蘇敏的弟弟們。

「老是懷疑我弟弟，一包菸找不到，也懷疑是我弟弟拿走了。他們幾乎都不來我家，這樣都要被懷疑。」蘇敏為了自家弟弟，總是要和丈夫撕扯一番。

在丈夫心裡，蘇敏沒有被肯定過；那自然的，她的弟弟們也被同樣否定。這個道理，蘇敏心裡透亮著，只是每每遇到，都憋不住氣。

「從來沒有（把我）當成一家人，一天都沒有。」

有時候過於壓抑，蘇敏會向母親抱怨幾句。她沒有想過在實際層面上會有什麼改變，只是希望在言語上，母親可以給予寬慰。

有時候母親會告訴她，丈夫是自己選的，他除了摳，心地是好的；有時候母親會說，當年要你別著急嫁人，是你非要嫁。

蘇敏分不清，到底哪句才是真的。她「若無其事」的隱忍，換不回正視，卻暫時維繫住了這個暗地裡早已開裂的家庭。

4 ____ 沉默

蘇敏不是沒有為婚姻做過努力。

婚後30多年的時間裡，蘇敏試圖透過研究丈夫的種種行為，來投其所好。她知道丈夫不能吃辣，結婚後就戒掉了自己嗜辣的習慣。

「做他愛吃的菜，照著他的口味來。」

丈夫老杜愛釣魚，只要一帶活魚回家，蘇敏就要馬上處理；有時候老杜還去夜釣，半夜回來，蘇敏也要趕緊起來收拾。

「拿回來是活的，現殺才好。」

在西藏長大的蘇敏，對於吃魚，並沒有特別的喜好。因為丈夫喜歡，餐桌上時常都會有魚。這種飲食上的分歧，蘇敏可以妥協。

飲食習慣可以妥協，興趣愛好，蘇敏也嘗試去瞭解。老杜喜歡看電視，新聞頻道、體育頻道是最愛的兩個選擇。

「看新聞就是關注國際局勢，比如哪裡打仗了，哪裡又動亂了。」

蘇敏甚至覺得，丈夫如果早生幾十年，會不會是一名戰士。

丈夫在打乒乓球這項運動上，展現了一定的實力。

「經常去打比賽，贏了不少東西。」在蘇敏心裡，丈夫也不是一無是處。她在故意迎合著丈夫的一切，喜好、口味甚至是說話。

「在家裡說話就像是在演講，得提前想好每一句話。」對於這件事，蘇敏有些痛苦。不能暢快地說話，這種感覺就像是被刺卡住喉嚨。

大多數時候，兩個人像是活在平行世界裡，可以「有默契」地遵守不成文的規矩。因為孩子，兩個人不時也會有交集。

小時候帶女兒出門，母女倆走在前面，丈夫一個人走在後面；去女兒學校，兩個人盡量避免一起出現，一人一次，協商著來，不過大部分的時間，都是蘇敏自己管孩子。

「他有時候會住在工地，不回來。」

蘇敏帶孩子時，去得最多的地方是家附近的公園。大部分娛樂活動都要收費。滿足孩子之後，蘇敏總是喜歡站在一個淺池邊，池子裡養了好多魚，遊客可以用氣槍射池塘裡的魚。蘇敏看著這些瘦得皮包骨的在等死的魚，傷感地說：「沒有自由就是這樣。」

蘇敏說這話時，洩氣多過於生氣。

女兒上國中開始住校後，夫妻兩個人就分房睡。丈夫在家時，自己僅擁有廚房的使用權。等丈夫關門離開後，她才擁有沙發、電視的使用權。

在一個屋簷下生活的兩個人，相安無事地過著「遠距離」的生活。

肢體上的碰觸無法避免，而內心就無法探尋了。即便蘇敏用盡了力氣，也從未窺探到他的內心。

蘇敏心裡一直有個疑問，自己迎合、妥協下的婚姻，為什麼還滿目瘡痍？從來沒人告訴過她，不屬於一個世界的人，不管怎麼去迎合，終究是殊途。

有一次，兩個人吵完架，蘇敏實在忍不住，問丈夫：「你不喜歡我，是不是因為我長得不好看？」

可惜疑問並沒有得到解答，丈夫只是說：「你以為你長得多好看嗎？」

那句話，足夠在兩個人之間再增加一道鴻溝。蘇敏有些傷心，她跑去浴室，在鏡子面前呆站了半個小時。

鏡面反射下的蘇敏像一張照片，細細的眉毛、不大的眼睛、呆滯的眼神、豁了口的門牙，以及門牙上方、貼在人中邊緣的紅色胎記，還有布滿全臉的雀斑。這些元素，在年歲和苦難的壓迫下，悲戚般地聚在一起，掛在蘇敏圓圓的臉上。

蘇敏肯定了自己醜陋的「事實」，篤定丈夫也是這麼想的。

直到有一天，蘇敏陪好友去逛街。在好友的逼迫下，蘇敏試了一件豹紋風衣，才又找回了幾分信心。

「她們都說好看，我骨架子挺，撐得起風衣。」

「花了500多塊錢，心痛了好久。」那是那幾年蘇敏為數不多的一件昂貴衣服。到現在，衣服還板板正正地掛在櫃子裡，蘇敏時常會穿。

「這次出門我帶著它，想著照相也好看。」一同帶出來的還有一件大紅色的呢絨大衣，買的時候花了1300塊錢，到現在依然是蘇敏所有衣服中價格最高的。

照相好看是一方面，帶著四季的衣服出門，也是為了應付長時間在外的日子。蘇敏不想因為細枝末節，影響了自己的出行，更不想讓丈夫覺得，自己出來過得不好。

前幾天，從來不在家人群組裡說話的丈夫，在群組裡發了一張高鐵票的照片。蘇敏點開來看，發現他回老家了。

蘇敏有些竊喜，像兒時捉弄了玩伴後的那種竊喜。

「以前的日子，他回老家都是開我的車，現在開不到了。」

但蘇敏還是忍不住，傳訊息給女兒：你爸爸回老家幹嘛？

女兒打來電話告訴蘇敏：「他說他也要去過自己的日子。」

「你也好好過你的日子吧。」明白母親心意的女兒，繼續說道。

鬆綁

出發之前，蘇敏想過，這次出行，就當作是一次試錯的體驗，看看離開彼此的兩個人，是否能過得更好。如果覺得這樣都挺好，那就分開；如果覺得還需要彼此，那就湊合下去。

此刻，蘇敏覺得她奮力掙脫的婚姻，略見成效。而丈夫就像眼下的人群一樣，越來越小。

「還需要彼此嗎？」蘇敏不知道。

1 ___ 舊友

早起從綿陽出發，趕到成都也不過中午時分。知曉了蘇敏的行程，幾個老同學就提前打來了電話。見面地點定在一家火鍋店，火鍋是四川人招待朋友的招牌。用牛油打底，混合了辣椒、花椒及各種香料，代表著巴蜀兒女火辣、好客的性格。這一點，蘇敏也有。

「我和同學、朋友們待在一起，特別自在。」雖被生活蹂躪萬千，蘇敏骨子裡的開朗、活潑，並未完全死去。一想到馬上要見到老同學們，蘇敏很激動，一掃這幾日以來陰雨天氣下趕路的沮喪。

剛下車的蘇敏，就看見了三個老同學。她們怕蘇敏找不到位置，一直在門口等著。其中兩個同學還特意掏出了眼鏡戴上，生怕漏看了。

四個女人再次相聚，喜悅自然。蘇敏連忙跑過去，一個接一個，來了場久別重逢的擁抱。就像蘇敏當年離開昌都，臨走那天，幾個人送蘇敏去趕車，蘇敏也緊緊地和她們擁抱在一起。

女人之間，肢體上的交流，就能瞬間找回按下暫停鍵的友誼。

「都是因為環境而分開，又無矛盾，也沒衝突。」去年，重新與老同學們拾起聯繫的蘇敏，覺得這種感覺很好。

「請你吃串串。」其中一個短髮的同學說著。蘇敏喜歡喚她杜杜，在高中時代，她是蘇敏羨慕的對象，成績好，父母好，連長相都是極好的。

「沒有注意到，你把頭髮都剪短了，去年還是長頭髮。好看，好看。」對朋友的讚賞，蘇敏從不吝嗇。幾十年來，處於壓迫下的婚姻，讓蘇敏早早就學會用語言來保護自己。

「這是串串，也是火鍋。」另外一個長髮的同學著急補充道，她怕常年生活在北方的蘇敏對四川的食物有些陌生。

「你還能吃辣嗎？」她們一同度過了青蔥歲月，養成了近乎雷同的食物偏好。這種伴隨成長過程的味蕾，幾乎一生定性。蘇敏為了迎合丈夫刻意掩藏起的飲食喜好，從逃離家庭那天開始，徹底逝去。

「肯定的，我還帶了好幾瓶辣子出來。」蘇敏從一見到同學開始，臉上的笑意就沒停過，她太喜歡這種被人等待、被人在乎的感覺。

「有人惦記，是一種期盼，心裡的期盼。」

倒插入鍋的一根根竹籤，拴著各種食材，在滾滾紅油裡撲騰。

溢出杯面的啤酒，蘇敏一杯接一杯，都是一飲而盡。一邊吃，一邊喝，蘇敏還不忘一邊拍照。不過，無論蘇敏怎麼對焦，坐在四個方向的四個人，總是無法同時入鏡。

「坐著不行，就走到一起來。」拿著手機的蘇敏，找到了最好的辦法，輕而易舉地解決了問題。就像困在家庭、婚姻中的蘇敏，只有站起來，走出去，問題才能解決。

「那個時候，有說不出的痛快和高興。」出來這些天，蘇敏有了回家的感覺。這種感覺的持續，給了蘇敏一股莫名的力量。那天晚上，是蘇敏在罹患憂鬱症後，第一次停藥。

在成都那幾天，蘇敏沒有住帳篷。好朋友的兒子租了一間房子，正好兒子又不在。蘇敏沒有拒絕，更沒有和朋友客氣。她不是個扭捏的人，刻意的行為，她不屑。

「出門在外，麻煩朋友，也是一種交往。」蘇敏明白，能力範圍內的麻煩，在某些時候，反而是一件好事。它的存在，可以讓人找到自我的存在感。就像被需要一樣，重要得很。

而在有些事情上，蘇敏絕不會讓朋友為難。看蘇敏一直拿手機錄影片，好朋友問了原委後，翻出一個GoPro給她。

「拿去用，我兒子的，還是新的，他也不用。」

混跡各大論壇一年多，看過無數旅行影片的蘇敏，早就想買個GoPro。GoPro是具有極強穩定性的極限運動專用相機，適合蘇敏開車及手持攝影，礙於價格太貴，才沒下手。這次碰巧有一個現成的，蘇敏像討了個大便宜。

「朋友說給我用，是舊款的，不要錢。那怎麼可以，給了1000塊錢，也不曉得夠不夠。」

「住人家的房子，就已經是添麻煩了。」

在這個問題上，蘇敏很清醒，她明白哪些事情可以麻煩人，哪些事情不能麻煩人。只是在面對家人時，她才會偶爾失神。

蘇敏重塑新生活的速度很快。本來就有業餘拍攝基礎的她，連夜看了幾節影音課，即刻平步青雲進入另一個階段。就像對於新事物，蘇敏總是極富熱情。

第二天，蘇敏帶著GoPro去了趟雙流。女兒打電話來，知道母親到了成都，要她寄些美食回去。蘇敏這才一大早跑去雙流買兔頭。

成都天氣很好，濕潤不燥，特意塗上口紅的蘇敏，沒計算錢夠不夠用，買了一大盒。她一手提著兔頭，一手舉著玩上手了的GoPro，沿著馬路，朝二仙橋住處走去。

蘇敏買兔頭的時候，請店家真空壓縮包裝。走到住處樓下，她直接郵寄了一整包，只留了幾個給自己。

「孩子們沒吃過，在我們那兒，基本上都看不到這個東西。」

一邊啃兔頭一邊錄影片的蘇敏，不太在意是否要去美化自己的吃相。

「明天我們還要去喝茶，開同學會。生活在這裡的人真舒服。」

蘇敏指的「舒服」，是她的味蕾。即使生活壓抑、苦悶，但慶幸還有食物可以療癒自己。

2 ____ 同學會

同學會是從早上開始的。十月底的成都，天氣很給面子，特別適合戶外活動。

五張桌子，十幾張椅子，每人一個玻璃杯子，在馬路邊圍成了一個長方形。在四川，這樣的情形隨處可見。畢竟成都「天府之國」的名號存在多年，而「成都，一座來了你就不想離開的城市」也不是白說。

「我都開始說四川話了。」蘇敏看到一群老同學後，自動切換了語言系統。她會說四川話，也是當年在昌都上學和同學們久處的緣故。

「自然而然就會了，那個時候，昌都有好多四川人。」成長歲月的黏連，讓蘇敏覺得，自己在某個層面上，也算半個四川人。

這一次，蘇敏是一個人來的。沒有家屬入侵的同學會，讓蘇敏暢快。

前幾年，蘇敏去參加同學聚會，大家正在包廂裡吃飯，丈夫突然推門進來。蘇敏嚇了一跳，她不知道突然闖入的丈夫，意欲何為。

蘇敏不敢出聲，只看見丈夫一臉怒氣，一把拉個板凳坐下，對大家說：「對不起，她精神有點問題，以後同學會不要叫她參加。」

「他就是不想讓我好過，還要來監視我。」

「就像是擺脫不了的夢魘，他不得意還不夠，還得來我的同學面前揭醜。」對於那次言語上的中傷，蘇敏無法釋懷。

默契的是，沒有一個同學和他搭話。老杜自覺沒趣，沒待多久就起身開門走了。待他離開後，蘇敏連忙向大家賠禮道歉。同學們有些看不過去，跟她說：「你乾脆離婚，我們幫你找更好的。」

蘇敏覺得有點尷尬，連用了幾個「哈哈」大笑，遮掩了過去。

而這次，蘇敏完全不用在意。她想說什麼就說什麼，想吃什麼就吃什麼，不再擔心背後會不會突然出現一個人。

喝完茶，大家又一起去天府芙蓉園逛逛。不像已經有些凜冽的北方，成都還處在秋日最好的時光中。一進門，蘇敏就看見了格桑花。

格桑花、老同學，蘇敏認為這些東西，在同一個地方同時出現，是巧合，又像是命中注定。

蘇敏喜歡花，最愛的就是格桑花。

就像她們同在西藏昌都長大，又在四川成都聚首。「從來不敢想，還有這樣的機會。」18歲離開西藏，56歲來到成都，蘇敏也覺得，像是在做夢。

晚上，一個男同學在酒桌上問蘇敏是不是一個人來的，是不是要一個人回去。蘇敏答得乾脆：「我一個人出來的，暫時不打算回去了。」

在這之前，蘇敏沒有過如此堅定的信心。

「這下可以自己說了算，真的很好。」在婚姻中，蘇敏沒有得到話語權，也沒得到愛情。

看著面前這群同學，蘇敏沒有忘記，曾經也有那麼一個人，或許真的像極了愛情。

「這可能就是你們說的愛情。」

高中時期，爸爸戰友的兒子，也是蘇敏的同班同學，寫了一封情書給她，夾在課本裡。那是一本快被蘇敏翻爛的語文課本，她看見後嚇壞了，言語上的激進和熱情，夾在死氣沉沉的語文課本裡，有些滑稽。

她根本沒有細想，只覺得犯了一個天大的錯誤，馬上跑去辦公室，交給了老師。

「害怕極了，沒人對我說過這些話，我不敢犯錯。」

因為這件事，男生被記了過。對方當時很生氣，卻沒有繼續糾纏，只是不再理她。一場屬於青春期的喜歡，剛剛萌芽，就被蘇敏用一個「記過」提前宣告結束。

「他受處分我也嚇壞了，我好長一段時間不敢看他。」蘇敏說，「只聽說他還哭了，也不曉得是不是因為處分太重。」而後這件事，困擾了蘇敏很長一段時間。有點像被在乎，更像是自己拒絕了別人的在乎，有些難過。

畢業之後兩個人再也沒有聯繫。再次見面是30年以後，兩個人都已成婚。幾個同學約在一起喝酒，其中有他。

當時蘇敏正想幫女兒辦理考試的事情，在席間打了一個電話，被他聽見。礙於對方的詢問，蘇敏隨口問了問能不能幫忙，沒想到，對方一口答應了下來。

離席後，沒多久蘇敏就忘掉了這件事。直到半年後收到對方寄來的所有檔案和手續。

「我以為人家當時就是隨口一說。」

蘇敏想起這件事，心裡就會升起一股暖意。她說不上為什麼，只知道是熱乎乎的。

同學間不斷遊走推杯，轉盤不斷移動著食物。蘇敏忽然放下筷子，問向杜杜：「你說，他是不是還喜歡我啊？」

此時，蘇敏的臉上紅潤紅潤的，像是喝過幾杯酒後的興奮，更像是品到了愛情的甜味。

3 ____ 愛情和麵包

蘇敏在清醒的世界裡，從來沒有擁有過愛情。

少女時代，不認識愛情。自己硬生生地，推開了探尋什麼是心動的機會。

成年後，不懂愛情。她用兩次照面，輕率地安排了自己的終身。

結婚後，沒機會懂愛情。丈夫用「算帳」，輕而易舉地埋葬了她的愛情。

現在，蘇敏覺得這些都不重要了。30多年，時間的冗長，消磨了太多東西。兩個人已經錯失了通往彼此內心的機會。

兩年前，蘇敏時常會用愛情小說來彌補付諸闕如的愛情。她想過，如果自己可以穿越時空的話，要找一個自己喜歡的人，重新感受一次婚姻。

「不像這輩子，最起碼要相處一段時間，考察一下，他是不是會對我好。」

「以前做夢都想穿越時空，改變自己的命運，現在做夢只想買個旅行拖車。」小說之外，已經逃離的蘇敏，打算真實一次，「為自己好好活。」

在成都車展開展的第一天，蘇敏就跑了過去。她急切地想去探尋一番，看看是否有適合自己的拖車。

「一定要提前瞭解，糊裡糊塗的不行。」

自從有了GoPro這個好幫手，蘇敏錄影片的技術顯著提高。那天，她極有心情地乘著閒暇拿起設備，就像她想要學開車一樣，想了就上手。

「你比我兒子那些年輕人都強。」蘇敏的同學這幾天一直在陪她。

「只要下定決心去學，那就學到會為止。」對待任何事，蘇敏都是這個態度。只要做，那就盡力。

圍著展覽中心繞了一大圈，大概花了十幾分鐘，她們才找到正門入口。通過測溫、健康登記、領取門票等重重關卡後，蘇敏和朋友總算進去了。

「露營車是終極目標，現在還不敢想。拖車還是可以想想，只要努力一下。」蘇敏一邊走，一邊回頭朝朋友說道。她很清楚自己的目標，也明白自己目前的能力。

「這個最低要多大排量的車才能拖？」蘇敏看上了一個拖車後，開始仔細端詳。

「自重最好1.8噸以上，排量不會太小的車。」戴眼鏡的業務一臉老實。

「那我1.6的排量……」

「有點勉強。」還沒等蘇敏說完，這個業務就接了話，不過話一出，又趕緊補充道，「不要走山區道路，不要走高海拔地區，走高速可以。」

蘇敏心裡大致有了個數，眼前這款車挺好，三明治結構，外面是玻璃鋼板材，內部的床、廁所設計都非常合理，讓人一眼就能喜歡。

「還是自己的車太小，不怪拖車不好。」逛完一圈後，蘇敏有些失落，像一個急切期盼糖果但最後卻落空的孩子。

「當年買車還是女兒給的3萬塊錢頭期款。」對此，蘇敏感到幸福，錢雖然不多，車也不算貴，但女兒對自己也是盡了全力。

剩下的部分，蘇敏每個月分期還，退休金不夠，她還在超市打了兩年工。

「付了每個月的貸款，我就剩下七八百塊錢。有時候手頭真的很緊。」

即使手頭再緊，蘇敏也沒想過讓丈夫出錢，在這件事情上，她甚至都沒有詢問過他的意見。蘇敏在意的只是，不想因為買車對女兒的家庭有所影響。在蘇敏的堅持下，車子登記了女兒杜曉陽的名字。

「房子沒有我的名字，車子也不用是我的名字。」

「我還真是個白戶。」有時候，蘇敏會自嘲一下。

諷刺的是，證明蘇敏結過婚的那張紅色的紙，也丟了。更可悲的是，多年前，縣裡的結婚檔案遺失過一次。20世紀80年代結婚的人，民政局都採用手動記錄，還沒有電子存檔。早些年，辦事人員提醒老杜回去補辦，但兩人一直拖著。

現在看來，如果真的想離婚，還得先重新辦一張結婚證書。

蘇敏其實是不在意的。她不在意自己的名字是否會出現在這些憑據之中。她只想從這些東西上捕捉到家庭的溫暖。最終，房子沒有帶給她這種感覺，車子卻幫助她逃離了目前的生活。

「多存些錢，總能買到合適的拖車。」暫時的失落，僅僅是暫時的。

走出來後的蘇敏，開始擁有的東西，早已超過以前。

就像現在陪在蘇敏身邊的朋友們。

4 ____ 失誤

在成都待了幾天後，幾個在重慶的老同學執意邀請蘇敏去山城一趟。

「和成都所在的天府平原不一樣，帶你去看看在山裡立起來的城市。」重慶三個老同學，和蘇敏也保持了良好的友誼，即便他們是男性。

蘇敏很開心，那個「8D的魔幻之城」，蘇敏早已在電視、網路上翻看過無數次。成都和重慶，一衣帶水，兩城之間交通極為便利。

蘇敏不打算開車，300公里左右的距離，最適合感受一下城際高鐵。她沒有拖遝，答應了男同學們的邀約就立刻訂了去重慶的車票。

直到上車後，蘇敏才曉得，想要買高鐵票的自己，最後錯買成了動車票。

「算了算了，這樣的事情，不去計較。」蘇敏很快對這個失誤釋懷了，並未影響自己出行的心情。

「這樣的失誤，並不會影響最終的目的地。」就像在她的認知裡，無論如何，一個「成員完整」的家庭都是「正確」的象徵。

「我不能因為自己的錯誤把它打散。即使它是在自己一時錯誤的決定下組建而成的。」

「擺設就擺設吧，最起碼我有家可回。」

動車上，蘇敏順著眼前轉瞬的景色，和身邊的老友笑著。只是她說這番話的時候，有些過於平靜，像是不在乎，又像是刻意為之。

車外的景色，像一幀幀模糊失焦的畫，快速變換著。蘇敏的笑，倒映在車窗玻璃上，越發明朗。

在重慶迎接蘇敏的，是一碗小麵。幾個重慶男人，不明白北方的民間習俗，也沒有彎彎繞繞，只知道小麵是自己城市的名片。他們認為，一碗紅油打底的麵條，可以開啟酣暢淋漓的一天。這個舉動，恰巧迎合了北方人下車吃麵的傳統。

蘇敏也因為看到一碗麵，倍感熱絡。歲月沉澱下的情感，因為某些東西，立刻甦醒。

「上車餃子，下車麵，多年的習慣。」蘇敏想起了父母。從西藏回河南後，回到家吃的第一頓飯，就是母親的麵條。

還有很多習慣，蘇敏在成長、婚姻歲月裡已經養成。就像現在離開丈夫以後，總是會有一些奇怪的細節惹人懷念。

同樣，三個男同學知道蘇敏沒有開車來，就提前為她訂好了飯店，有默契且體貼。

他們告訴蘇敏，要讓她看看一個魔幻、生猛的城市。這個地處中國地勢第二階梯與第三階梯、四川盆地與長江中下游平原過渡地帶的城市，擁有極其複雜的地貌。長江和嘉陵江貫穿整個重慶市區，形成了奇特的城市風景。

其中一個男同學開車，他們帶著蘇敏，從江北出發，穿過嘉陵江大橋，上到渝中半島，最後再駛過長江大橋，抵達南濱路。一天的時間，幾個人圍著整個市區，轉了一大圈。

「這就是兩江交匯嗎？渾黃的是長江吧？」站在南濱路上的蘇敏，拿著手持照相機一邊錄影，一邊詢問。

「原來從房子裡穿過的輕軌是這樣的。」站在李子壩輕軌站下面的蘇敏感嘆。

「重慶的老房子都是這樣掛在山上的嗎？」蘇敏路過了洪崖洞。

這排依山而立、面對嘉陵江、建築風格特異的吊腳樓，靠網路紅遍了全國，與同樣在網路上受人關注的蘇敏，有相同的味道。它們都屬於小眾。

為了方便讓蘇敏看到城市的全貌，其中一個男同學提議去感受一次索道，渡長江。

「索道早已變成了旅遊項目。」男同學笑了笑。

作為兩岸居民交通工具選項的渡江索道，在失去它本來的用途後，換了一副樣貌，獲得了一個新的身分。就像已經履行完社會意義上所有母職的蘇敏，在逃離她本來的家庭後，獲得重生一樣。

置身在長江索道裡的蘇敏，看著這個暫時困住她身體的長方形盒子一點點駛離陸地，想起了千里之外的丈夫。

「他在家還好嗎？」

出發之前，蘇敏想過，這次出行，就當作是一次試錯的體驗，看看離開彼此的兩個人，是否能過得更好。如果覺得這樣都挺好，那就分開；如果覺得還需要彼此，那就湊合下去。

此刻，蘇敏覺得她奮力掙脫的婚姻，略見成效。而丈夫就像眼下的人群一樣，越來越小。

「還需要彼此嗎？」蘇敏不知道。

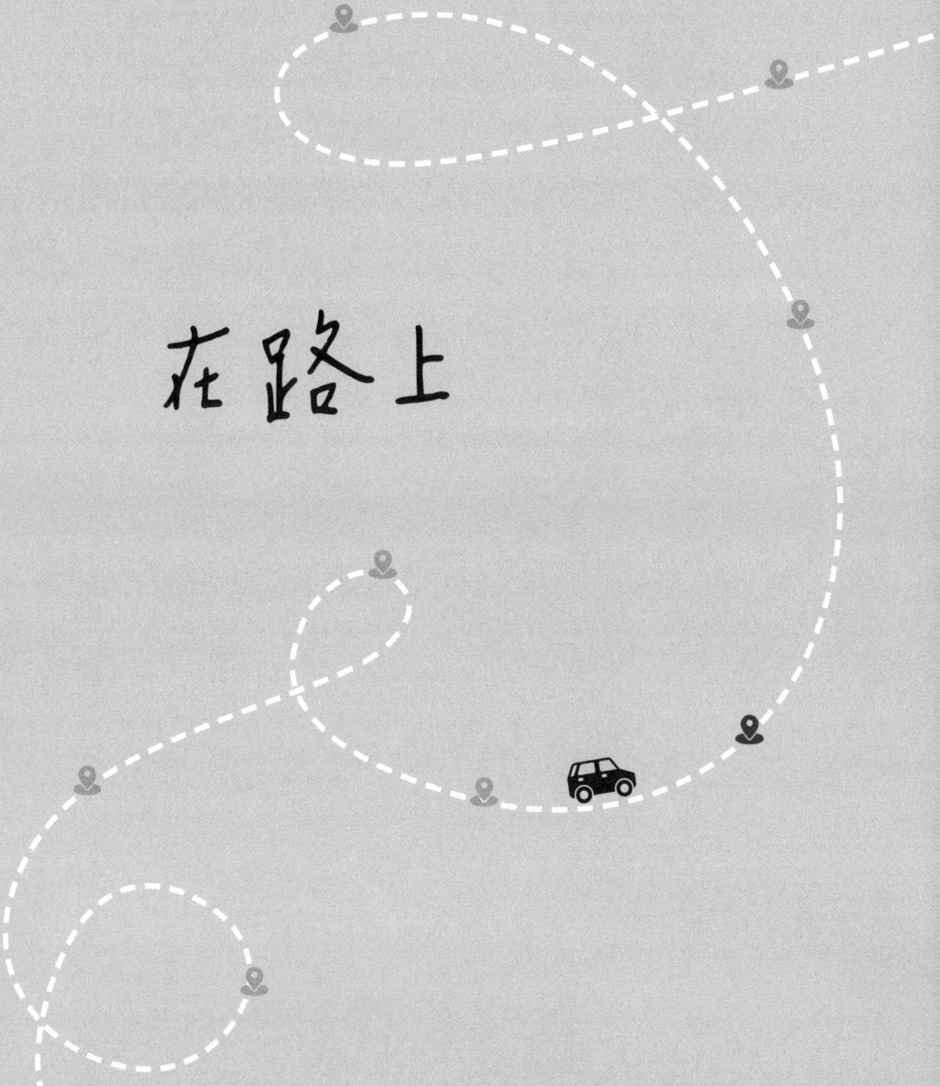

在路上

從小到大，蘇敏都沒催過女兒，讀書不催，婚姻也不催。「我只想她自由自在一些。」直到女兒27歲決定結婚時，蘇敏才開始變得擔憂起來。

「是不是做母親的都這樣，說是放下了，其實什麼都沒放下？」

1 ____ 在路上

為了和一個露營車隊一同出發，蘇敏在重慶玩了兩天就趕回了成都。

「他們是一個團體，要一起出發，去雲南。」雖然沒有開露營車，但因為目的地一致，蘇敏說服他們帶她的車一塊走。

這個叫「中國旅居之路」的團體，從一開始就展現了極為友善的包容性，這種沒有為難和拒絕的接納，讓唯一一個開著不統一車型的蘇敏，放鬆且不拘束。

出發前，團體裡的夥伴替蘇敏的小車貼了一個標號——No15。這個貼在駕駛座外側、引擎蓋上的標號，代表著蘇敏在車隊中的順序，也代表著她是18輛車中不可缺少的一分子。

「每一個人都很好，即使是剛認識的。」

「他們開的都是露營車，只有我的是床車。」看著一輛輛露營車開始調整出發隊形，蘇敏不免打趣道。

蘇敏總是稱呼自己的車為床車。這話一點錯都沒有，是床也是車，兼顧多種身分，就像蘇敏一樣，是女兒，是妻子，也是外婆。

從露營車停駐的營地出發，第一站是昆明。這是出發前團體統一的規劃。至於中途你的車怎麼走，並未設限，只需要在合理的時間到達目的地所在的營地即可。

出發的時候，蘇敏隨車帶上了一個小女生。因為蘇敏出發時錄的一段獨白被放到了短影音平臺上，不知道被什麼人轉發，她突然變成了網紅。

大家對她的家庭、對她的婚姻、對她鼓足勇氣的「逃離」產生了興趣。這個女生到來的目的，就是想深入探尋一番。

而蘇敏回想中的往事，早已被抽掉當時的情緒，只剩下一層外殼。

「有個夥伴一同走，也是好的。」在國道上，蘇敏開著車和身旁的小女生琳琳說道。

她們決定先去蜀南竹海玩一圈。出來到現在，蘇敏對於要花很多錢才能進景區，本能地迴避。

但蘇敏心裡的很多錢，到底是多少，她也說不上來。比如這次，她是真的很想要去好好玩一玩。

「雖然去往詩和遠方的旅費很貴，但有趣的人生，一半都有山川湖海。」

在快到目的地的道路上，兩旁的植被已經變成了竹子，立在有些濕霧的空氣中，朝一個方向彎著身子。

進入景區後，這樣的景色更是隨處可見。世界上最大的天然竹林，儼然不是誇張的說辭。

而背負著這般名號的竹子們，像是刻意保持某種身姿，來迎合這樣的環境。在竹海深處，一道瀑布被起巒的石峰分成了五股。它們安分地待在自己的軌道裡，從頂端往下流淌，直到共同滴落進底部的溪流中，匯聚在一起。在溪流的沖刷下，身下的岩床不斷被磨損著，直至變軟。

「岩石都可以磨平、變軟，難道人心比石頭還硬？」透過某些場景，蘇敏總是能聯想到自己，隨即墜入黑暗中。

「算了，算了，心如磐石的也不是沒有。」不過她也能很快說服自己，立刻走出來。

蘇敏的這種能力，不是與生俱來的。在原生家庭的委屈、婚姻生活的不幸中，蘇敏用一次次嘗試、反抗、妥協來獲得開脫。

她說自己幾乎找到了一種暫時的舒坦，但那僅限於沒有出逃之前。

站在蜀南竹海的觀雲臺上，蘇敏往外探出頭。四周白茫茫一片，整個天際被裹成一團。時間雖已近中午，雲霧似乎沒有要散去的意思。

而隔著一層霧氣，蘇敏無法透過它看到下面的世界。就像蘇敏和丈夫老杜之間，也隔著一層捕捉不到的霧氣，讓彼此無法探尋。

「走吧，往下走走，走到下面，總能看清。」蘇敏在上山的路上，認識了兩個新朋友。她習慣把路上新認識的人，都視為朋友。在她心裡，萍水相逢，就是緣分。

踩在有些濕滑的石板上，蘇敏走得比較小心，等到進入一個連續且狹窄的隧洞時，她才抬起頭，將視線從地面移向四周。

「我的人生就像這個山洞。它沒有困住我的手腳，卻讓我難以呼吸。」

「像你這樣獨自出來旅行的中年女性不多見。」

「你家的那口子呢？怎麼沒和你一起。」剛認識的兩個人中的一個，有些好奇。

走在他們前頭臺階上的蘇敏，頭都沒有回：「在家打乒乓球呢，我倆愛好不一樣。」

蘇敏不知道，此刻的丈夫在哪裡，不知道他在做什麼。出門到現在，丈夫沒有打過一通電話給她，蘇敏也有默契地不去過問他。

而這樣脫口而出的答案，是丈夫幾十年日常行為的縮影。蘇敏清楚，這個縮影裡，沒有她。

2 ____ 外婆

從景區裡出來，蘇敏計畫明日再趕路。剛找好營地，搭好帳篷，蘇敏的手機就響了。女兒打來視訊電話，說孩子們很想外婆。

本來想開始做飯的蘇敏，趕緊放下端著的盆子，用抹布擦了擦手，順手舉起支在桌上的手機，沿著車子四周晃動。她在嘗試找一個好一點的角度，讓孩子們看得清楚些。

其實早在蘇敏看見孩子們的那一刻，她就已經是最好的狀態。只是映射在視訊畫面裡的笑意，她無法看到。

視訊畫面裡，兩個孩子一前一後往螢幕上湊，生怕自己落後了，外婆無法看見。

女兒懷孕後，蘇敏就和丈夫搬到了他們家。這兩個孩子，蘇敏看了3年多，自然親近得很。

「兩個孩子，女兒一個人照顧不過來。」雖說從懷上雙胞胎後，女兒杜曉陽就離職了。但蘇敏清楚，兩個孩子，一個人全職是看不過來的。

生了孩子後，杜曉陽有一段時間罹患了產後憂鬱症。

「經濟壓力大，內分泌又不正常。」

「再不開心，也不能整天亂發脾氣。」蘇敏對女兒的情形有些揪心。

她甚至覺得女兒喜歡發脾氣，是自己的錯，「在成長過程中太寵了。」

生產後的大半年裡，杜曉陽時常對著丈夫指責一番。比如從沒照顧過孩子、不夠體貼、不幫忙做事……字裡行間裡全是挑刺。

每次看見女兒發火，蘇敏就很緊張：「我覺得女婿很好，一個人上班，賺錢養活一家人，女兒一分錢也沒賺，為什麼脾氣那麼大？」

這種潛意識的影響，蘇敏照例假想在了女兒身上。有段時間，她看所有的男人都覺得一樣。她害怕，害怕沒賺錢人家瞧不起，沒地位。她更害怕，女兒像她一樣。這樣的悲劇，蘇敏不能接受。

所以從小到大，蘇敏都沒催過女兒，讀書不催，婚姻也不催。

「我只想她自由自在一些。」直到女兒27歲決定結婚時，蘇敏才開始變得擔憂起來。

「是不是做母親的都這樣，說是放下了，其實什麼都沒放下？」

女兒生了孩子那一年，蘇敏總覺得女兒的幸福不安穩，有些像架空在山間的房子，一個震盪，頃刻間就會倒塌。

她時常在白日間隙，在女婿上班的時間裡，和女兒說：等孩子大一點，趕緊找份工作，不要依賴丈夫。

「我有點害怕，就把家裡我能洗的，我能做的，全都做了。」

臨走前，蘇敏還把女婿所有的鞋都拿出來刷了一遍，也把整個家裡裡外外收拾了一回。逼仄的屋子裡，原本堆滿了孩子們的東西，似乎沒有人安身的位置。整間屋子是白色的，在燈光的照射下，突兀又無處遮掩。

「日常生活氣息太重，全是日常，全是氣息。」

蘇敏花一週的時間收拾了一番。打包了很多東西後，房間一下子空出了大半。而這些無處遮掩的空白，在整理過後，明得晃眼。

「我喜歡這種空白。」蘇敏喜歡的不僅是空白，更是清理乾淨後，對居住在女兒女婿家的一種禮節的展示，和自我出走的決心。

「不過出來到現在，我又覺得，女兒嫁對了人，婚姻挺幸福的。」

「你看我外孫，很可愛吧。」視訊結束後的蘇敏，對身邊的琳琳念叨著。

提起女兒，蘇敏的口氣變得活潑起來。離開那間屋子前，她幾乎收拾打包了一切，卻沒有移動一張掛在牆上的照片。照片裡，蘇敏小小的身子站在中間，右手挽著她的女兒，這樣的閃光時刻，在雜亂、逼悶的空間裡，格外顯眼。

此時此刻的蘇敏，坐在露營車營地外的折凳上，雙手撐著腿。在沒有繁重母職的約束後，在沒有刻意去取悅他人的謹慎下，她不必再假裝去經營任何關係，盡力感受著自由。

生活中的漫長時光，可以讓一個人面目全非，也可以讓一個人愈加清晰。蘇敏只是換了個心境，自然就不一樣了。

「好舒服，這段時期的快樂，超過了我的第二自由時期。」她想起了在西藏的童年時光，那是她在出來之前，真正屬於自己的最快樂的一段回憶。

那裡有遼闊的土地，乾淨的天空，還有她和夥伴們到山溝裡去摘的野果。

蘇敏是真的開心，她從折凳上起身，小跑到車尾，從後車廂裡掏出兩瓶啤酒。

「今晚喝一點。」蘇敏看著琳琳。

3 ____ 越界

昭通，雲南省下轄地級市，地處雲、貴、川三結合部的烏蒙山區腹地，坐落在四川盆地向雲貴高原抬升的過渡地帶。

蘇敏要從與之北側緊鄰的四川宜賓市出發，順著金沙江行駛，才能抵達昭通。並未受昨夜酒精的影響，一早就起來的蘇敏看了一眼導航，語音提示告訴她，兩地之間相距275公里，駕車走國道，需要7個小時25分鐘。

「金沙江的水，和瀾滄江好像，都是青色的。」隨著眼前天色越來越明朗，蘇敏離開四川境內，駛入雲南地界。

這兩條並流而不交會的江水，一同發源於青藏高原，它們像一母同胞的兄妹，出於同處，各自成長，最終去向不一。

就像蘇敏和自己的兄弟們。

當年在昌都，蘇敏和弟弟們的日子，也並非全然是苦難。援藏的父親有一份不錯的工作和工資，家裡的吃食並未太過緊缺。

弟弟們雖有些頑皮，但還能聽蘇敏的管教。不過，這也僅限於童年。而後，大家是如何走散的，蘇敏也說不上來。

「你說，這是不是我的婚姻，是不是我的丈夫造成的？」蘇敏問一直跟著她的琳琳。

「可能是，也可能不全是。」

沒有得到準確的答案，但蘇敏心裡明白，造成他們今天漸行漸遠的，是金錢、時間、家庭……

「至少我走了，他們還在原地。」蘇敏現在能支配的，也只能是自己。

「終於見到了太陽，已經幾天沒感受到陽光了。」小車駛上一個山頂後，沒有任何遮擋的陽光從天而下，蘇敏仰起頭像是在迎接，似乎是在用熱量復原心情。

看沿途的景色不錯，蘇敏決定多待一會。她把車開到了一個景區門口。剛下車，蘇敏就遇到了一群年齡相近的人。幾個出來旅行的中年男女看見舉著GoPro錄影的蘇敏，很是好奇。

「記錄旅程，真的是想分享給更多的同道中人。」蘇敏口中的同道中人，是指和她有相同人生經歷，經受過壓迫、苦難人生的女性。

「如果不曾與她們相識、交談，我會多麼遺憾。」

幾番交談下來，其中一個和蘇敏年紀相仿的大哥，邀請蘇敏做他們團隊的隊長。

「我們正好組成一個7人團隊，你帶著我們，我們聽你安排。」

「不行不行，我能力差勁，還是大哥你來領導我們。」對於大哥的熱情，蘇敏受寵若驚。

最終，蘇敏沒有經受住大哥的再三邀請，成了他們的隊長。蘇敏很高興，第一次到這個景點的她，搖身一變做了職業的嚮導。

看見雲海，蘇敏說：「穿雲而過，洗了肺腑。」

踏上玻璃棧道，蘇敏說：「飛機上也看不到這樣美麗的景色。」

站在山岩的缺口處，蘇敏說：「高空彈跳有點勉強，可以玩跳傘。」

蘇敏像是早已熟知於心的導遊，拿出自己全部的熱情和僅有的語言詞彙，做著一份重要的工作。一時間，蘇敏找到了一種存在感，出門在外後，這樣的感覺日益加深。她終於為自己的生活擠出了一條路。就像蘇敏到現在都相信，「你在生命中走過的每一條路，最終都會帶你走向注定的歸宿。」

團隊成員和自己及丈夫老杜年紀相仿，活得隨心所欲，蘇敏看著他們，心裡突然產生一絲對丈夫的憐憫。

這種憐憫暫時壓住了蘇敏對他的恨。她想著自己還能跑出來，至少現在是自由自在的。丈夫的身體狀況，似乎已經不允許他想怎樣就怎樣了。

前兩週女兒打電話來，說爸爸住院了。但夫妻倆誰也沒有給誰打電話。

「可能他自己會照顧自己，可能女兒也會照顧他。」

「只是我不想再去照顧他。」蘇敏避開那幾個新夥伴，和琳琳說道。

在山上玩了一天，車回到了昭通的營地。蘇敏決定休整一天，洗衣服、擦車、整理後車廂、充電……她有很多的事情要做。

這是蘇敏自駕旅行後才有的事情。在這之前，這些都與她無關。她的世界裡，只有煮飯、洗衣、帶小孩、照顧一家人。

30多年的婚姻熬了過去，蘇敏始終沒有下決心離婚。起初，她強調的原因是為了給女兒一個完整的家，結婚時不至於被婆家瞧不起。到最後，她又說，那只是能拿得上檯面的、大家都能接受的理由。

實際上，無論什麼理由，蘇敏都不能說服自己。現實裡的考量太多，「離婚」這兩個字，不只是簡單的兩個字。她不敢想像，離婚後的自己會如何生活。女兒怎麼辦？房子怎麼辦？面子怎麼辦？

在這個家裡，她幾乎一無所有，只能沉默著。

而沉默的代價，是蘇敏在2018年罹患了憂鬱症。有些飄忽的三個字，似乎不配出現在20世紀60年代生人的世界裡，以至於當蘇敏發現自己不對勁的時候，憂鬱症已經到了重度。她不時出現的大哭大鬧、心慌、汗流不止，讓女兒驚覺不對勁，這才去了醫院確診。幾十年的隱忍，終於分崩離析，人就沉了下去。

「突然覺得活著沒有意思，老公以前像是陌生人，現在不是像，真的就是陌生人，心裡的那股力量，再也扭不回來了。」

「想過一了百了，但又總覺得少了點什麼。看著女兒、外孫們，又不想死。」

她一邊洗衣服一邊和琳琳閒聊。蘇敏知道，很多人對她的世界充滿了好奇，隨即變成了打探。她不太在乎這些細節，從出來的那一刻開始，她就不怕撕開過往。只是現在的她，說著這些，像是在說別人的故事。

趁著這個間隙，蘇敏從後車廂裡拿出一個正方形的小包，小包和公事包有點像，不過袋子裡裝的是一塊折疊的太陽能充電板。

「昨晚用了電，今天車子不能移動，沒辦法在行駛途中充電，只能用太陽能。」

「還好，雲南的太陽不錯。要是像在四川那一週一樣，可能就沒辦法。」

「這也是運氣吧。」蘇敏很擅長在這些環境中找尋到一種新的支點，來撫慰自己。

這個打開後剛好夠平鋪在引擎蓋上的太陽能充電板，可以帶來新的能量。就像蘇敏，逃離出來，也就好了。

「先煮飯，今天吃辣椒炒臘肉。」臘肉是成都的同學給的，辣椒是她的後車廂裡永遠都會存在的食材，和雞蛋的存在一樣平常。

在那個家裡，蘇敏幾乎不買辣椒，除了幫女兒做辣椒醬之外。丈夫老杜不能吃辣，所以蘇敏炒菜也不用辣椒。

「辣椒醬自己想吃，就往碗裡放，可以不用顧及他。」出門之前，蘇敏還在家為女兒女婿做了好幾罐，備著。

「大家都愛吃，為了遷就一個人，所有人就得忍著。」

食物的補給，讓蘇敏獲得了極大的滿足。100瓦的太陽能充電板，雖說不快，5個小時也能充滿那1200瓦的電箱。

「所有的事情，你解決不了，時間會替你解決的。」蘇敏吃完飯，準備把後座好好收拾一番，騰出一些空間，這樣在趕路的午間，自己可以有地方休息片刻。

她戴著一頂新的黑色鴨舌帽，髮型從盤髮變成了馬尾，嬌小的身子裹著一件帽T，在陽光下，像個小女生。

「這是我前半輩子買過最貴的帽子。」蘇敏在說到「最貴」兩個字時，特意加重聲調，臉上泛起了些微紅光。

蘇敏這頂黑色的帽子，是她在成都買的。同學說，出來自駕旅行，太陽太大、太惡毒，買頂好的帽子，怎麼都是好的。

蘇敏特地去逛了商場，在一家專賣店裡一眼就相中了那頂帽子，拿起後就再沒放下。一個出門到現在，連飯店都捨不得住的人，第一次為自己而「破費」。

而現在，蘇敏依然沒想過要離婚。就算一夜之間，擁有幾百萬的財富，甚至給她可以再次選擇婚姻的機會，她都不想再折騰了。

「這樣挺好的，至少心無所謂了。」

在雲南昭通的古城裡，蘇敏要繼續往前走，而琳琳要結束陪伴回到自己的城市。告別時，蘇敏告誡她，對待感情要慎重。

「不要像阿姨一樣，不負責任地選擇愛情。」當愛情這兩個字脫口而出時，蘇敏愣了一下，眼神有片刻的虛焦，「不，不是愛情，」她糾正自己，「是婚姻。」

4 ____ 意外

再次恢復一個人的蘇敏，繼續出發往昆明趕。370多公里的距離，蘇敏打算分兩天走。一則是不用太勞累，二則是路況實在不算太好。

從下午4點多開始，蘇敏就拿著手機一直搜索營地，直到傍晚7點多才用App尋到一個叫生態營地的地方。

這是一個專門做「自駕旅行營地找尋」的App，是蘇敏出來後一個露營車同好告訴她的。她把它當作是一個提供補給的備選。

順著導航的指示，蘇敏的小Polo一直往山裡開，景色隨著日落，開始變得有些荒涼。路旁的參天大樹刷著白色的防蟲漆，在暮色下，有些突兀。蘇敏此刻不知道，這些捅破天際的樹，還有一個特別的名字——黑心樹。偶爾見幾處老房子摺在路旁，屋頂近乎塌陷，露出木頭房梁，板壁受日曬雨淋變成了深紅色。路旁沒有行人，山路上十分鐘也看不見一輛車。

「怎麼連一輛車都沒有，在露營地過夜，怎麼也該碰上幾輛露營車吧。」蘇敏小聲嘀咕著，「不過導航說是生態基地，在深山裡也沒錯。」

蘇敏從產生疑惑到否定疑惑，只用了不到十秒鐘。

51公里的山路，就在蘇敏的疑惑和自我否定中，走了整整1個多小時。在疑惑的時間不斷拉長的間隙裡，蘇敏聽到了導航的播報：「您的目的地已經到達，目的地在您的右側。」

扭頭順著泛微光的車窗向外探了探頭，蘇敏傻眼了。右側什麼都沒有，定神一看，地上只有大大小小的幾個水坑，在遠光燈下有些閃爍，像波光粼粼的平湖。

又朝左望了望，馬路不遠處確實有兩間屋子。蘇敏心想，跑了一個多小時，到都到了，還是得去看看。她趕緊把排檔桿挪到P檔，拉起手 後打開車門走了出去。

蘇敏走上前，看見兩間屋子都沒鎖門，一間屋亮著燈，一間屋黑著。她走進那間亮著燈的屋子，空空蕩蕩的一片，屋中間放著一張矮桌，幾個凳子無序地圍著矮桌放著，桌子在日光燈的直射下，格外刺眼。奇怪的是，這道從屋頂透下的光柱裡，沒有一點灰塵浮動，矮桌也顯得一塵不染。

「沒有一點灰，還亮著燈，可是沒有人。」蘇敏打了一個激靈。不僅沒有人，蘇敏甚至連一聲狗叫都沒有聽到。

「這地方不能留，得趕緊走。」像是洞悉了天大的秘密般，蘇敏回過神來。

她下車太急，以至於手機還在車裡的支架上立著。不過此刻的蘇敏，突然有了偵察兵似的警覺。她並未轉過身去，只是用眼睛斜瞅著車的方向，一步一步倒著走，退出了屋子，退到了車跟前。

回頭、鑽進車、鎖門，一氣呵成，甚至可以理解為不敢大口出氣。再次確認鎖好車門的蘇敏，趕緊取下手機，卻發現手機早已沒有訊號。

訊號其實在進山的途中就沒了，只是蘇敏未發覺，她導航的時候手機的衛星定位被覆蓋住了，一直沒有退出導航的她，這才得以「順利」地來到此地。

「怎麼辦，怎麼辦……」心懸在半空中的蘇敏，手開始抖動起來，手機一滑，掉進了座位縫裡。

「不管那麼多了，倒回去走。」並沒有著急去撿手機，蘇敏一腳油門把車掉了個頭，車燈在幾秒的時間裡劃出了一道道彎曲的光圈，隨即湮沒在黑暗裡。

「太可怕了，沒人不可怕，亮著燈沒人才可怕。」蘇敏後來回憶道，「那個時候大氣都不敢喘，生怕突然冒出什麼東西。」

在徹底的黑暗中不知道穿梭了多久，蘇敏終於看見幾盞燈火。確定是居家住戶後，她趕緊走過去找訊號，確認自己身在何處。

很遺憾的是，蘇敏並沒有搜索到訊號。「有沒有Wi-Fi？」蘇敏說出這句話後就後悔了。屋裡只有兩個老人，他們看著這個半夜叨擾的不速之客，有些惶恐。

「怎麼去昆明？」蘇敏顧不得那麼多，問了一句她確定對方可以聽懂的話。

這次對方是聽懂了，站起來朝外指了指路，說了句：往前開，20分鐘就能到鎮上，從那裡走可以去昆明。

就這樣，晚上10點多，她終於把車開到了一個鎮上，看見馬路旁亮起燈火，這才安下心來。

「去昆明得走高速吧？」蘇敏把車停在了一棟二層小樓外，詢問坐在雜貨店裡的一個男人。

「得走高速，路不好，天又黑，高速也快。」她得到了肯定的答案，同屋子的人也附和道。

蘇敏連忙道謝，拿出已經有了訊號的手機，沒有絲毫猶豫，直接開上高速公路，奔昆明而去。

因為時間太晚，蘇敏最後選擇在離昆明20公里處的一個休息站過夜。她還有一點怕，在山上的遭遇，著實把她嚇住了。

而這也是從出門到現在，蘇敏第一次感到落單的恐懼。

蘇敏開車駛出城外，

新的生活開始了。

蘇敏所帶的裝備，

塞滿了後車廂。

嘗試搭起帳棚。

習慣在睡覺前傳訊息給女兒，
報個平安。

喜歡在不同的市場裡感受
當地人的
生活氛圍和特色。

蘇敏喜歡花，最愛的就是格桑花。

整理帳篷，
用尖嘴鉗固定帳篷繩。

一頓簡單的午飯，
似乎可以慰藉所有。

一邊直播，一邊包餃子。

途經美景

講述自己的過去
就像是在說別人的故事，
蘇敏平靜了許多。

認真直播，
卻因為聊得太盡興，
錯過了晚餐。

蘇敏開著車在夕陽中趕路。

渡海的途中，

蘇敏望著大海陷入沉思。

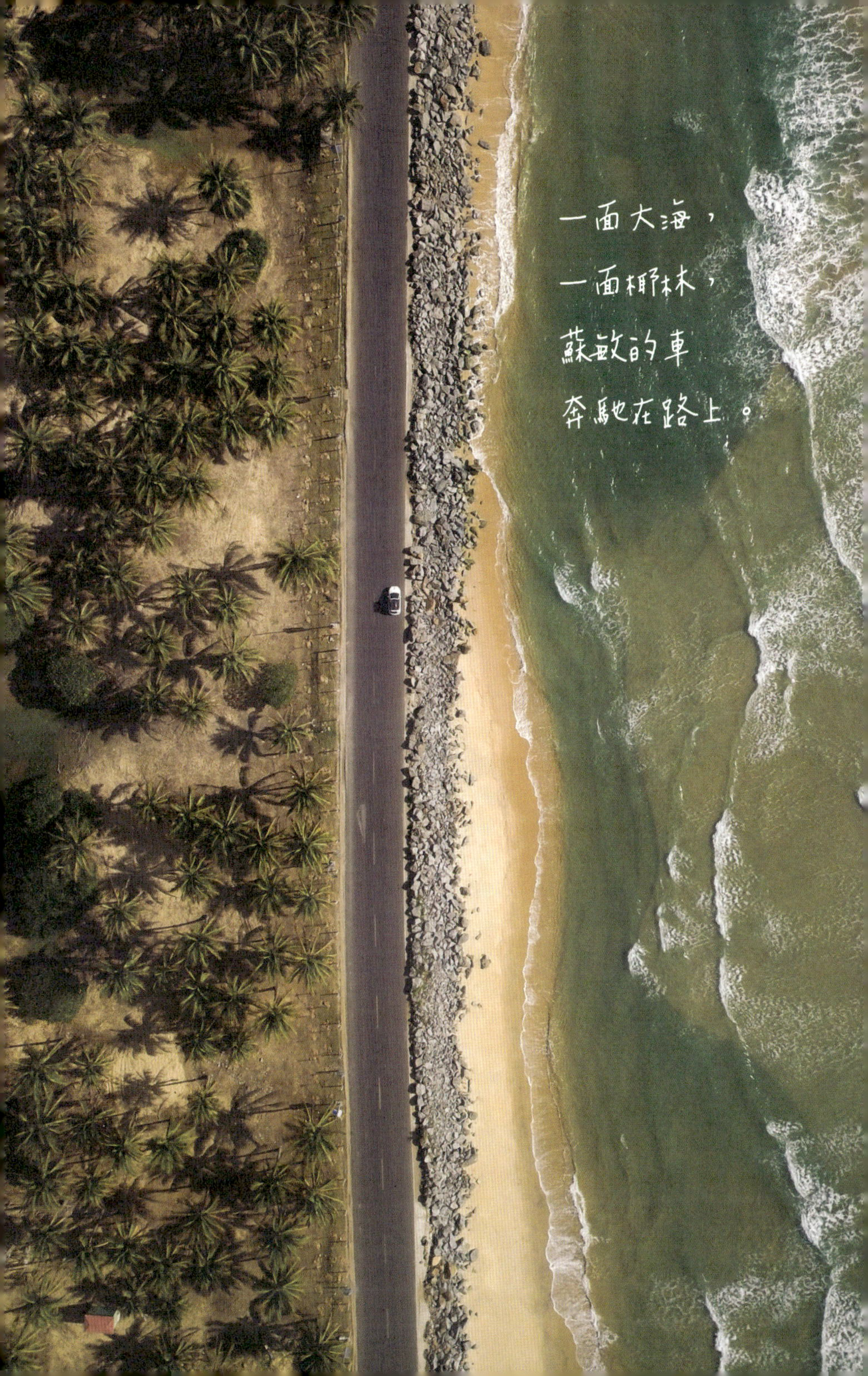
一面大海，
一面椰林，
蘇敏的車
奔馳在路上。

要過年了，
蘇敏為帳篷
貼上了春聯。

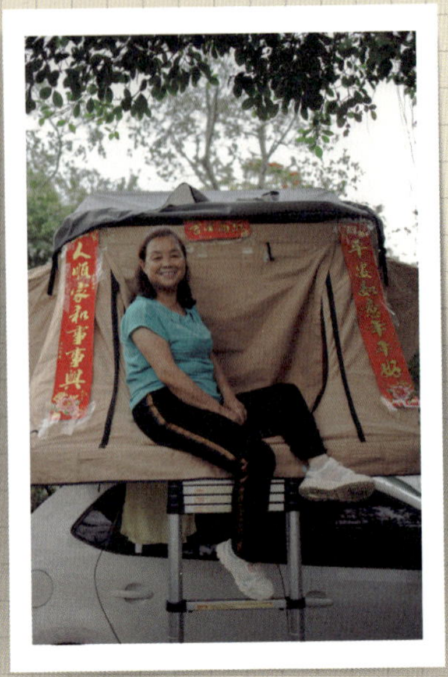

蘇敏嘗試衝浪。

生活間隙中的自我矛盾

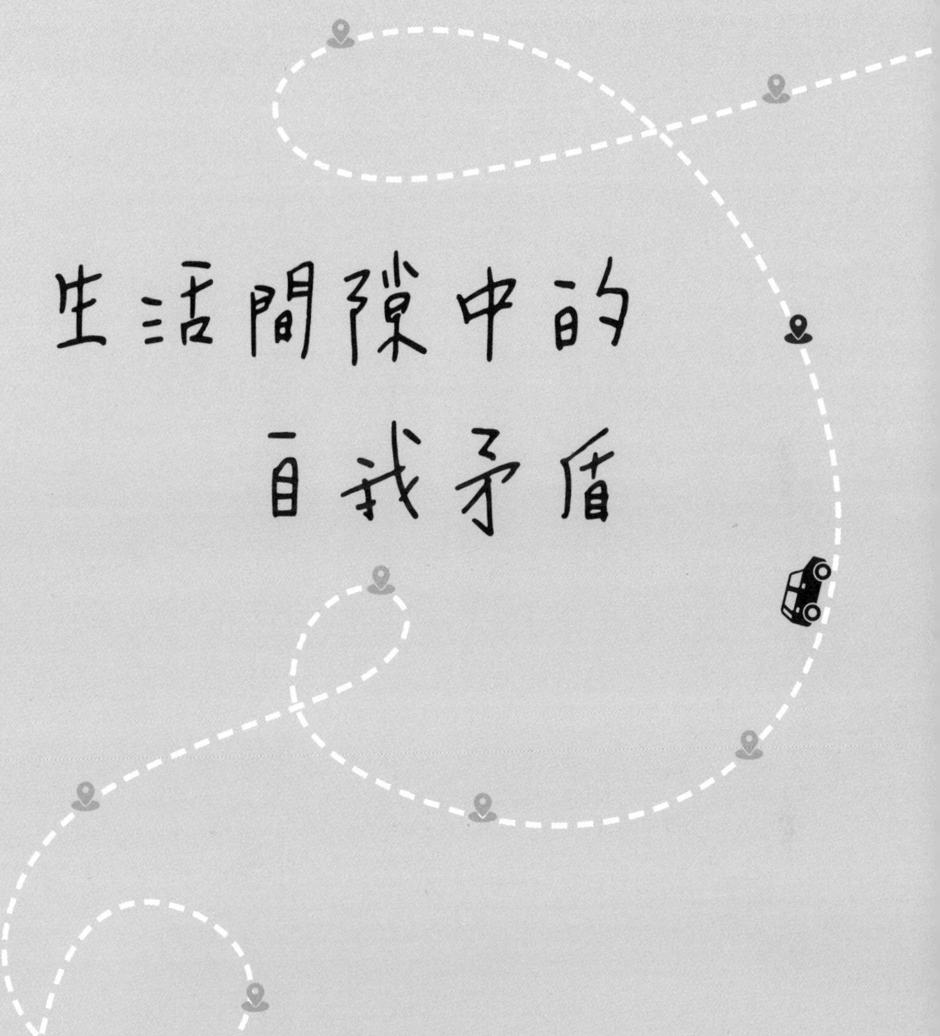

她習慣遷就身邊的人，即使自己不想。而這樣的遷就，蘇敏覺得也是尊重，畢竟少數服從多數，她寧願委屈自己的心意，也不想別人來刻意照顧她的情緒。「至少他們問過我的想法，即使最後沒選。」在30多年的婚姻中，丈夫從來沒問過她想吃點什麼，就像從來沒有在意過她這個人一樣。

1 ____ 一朝被蛇咬

第二天，蘇敏起了個大早，她想趕快去和露營車隊會合。在成都時，臨行前蘇敏和其中一個露營車車主交換了號碼。車剛下高速，還沒進昆明市區，蘇敏趕緊撥了電話給他。得知蔣大哥和幾個朋友的車在城外一個停車場停著，她就直接去了。

「哎呀，城裡到處都限高，煩死了。」說話的是蔣大哥的太太，張姐。

「要不這樣，小蘇你開你的車去看看，找個市區裡我們可以開得進去的營地。」蔣大哥一見到蘇敏就表明意圖。

「好，我去找找。」剛和他們碰面的蘇敏，沒有多想，立刻應承下來。

但開車在城裡繞了一上午，蘇敏都沒有找到合適的駐車營地。

不是收費太貴，就是限制高度，要不就是地下停車場。

「都不行啊。」蘇敏打了電話給蔣大哥。

「這樣吧，先回來，我們往玉溪開，去撫仙湖住。」電話那頭的蔣大哥，在蘇敏去市區找營地的這段時間，也在四處詢問。

習慣服從安排的蘇敏，聽到蔣大哥的建議，並沒有多想。這些年來養成的習慣，不管是在家裡，還是逃離後，蘇敏都不曾改變。

再次和蔣大哥一行人會合後，蘇敏決定，這段時間都跟著他們一起走。但當她知道蔣大哥他們會走高速公路時，蘇敏的主意又變了。

她告訴蔣大哥，讓他們先走，去撫仙湖的營地再會合，自己決定先去滇池轉一圈。

「好歹也是來了，我去轉轉，你們先走。」

蘇敏心裡盤算的不僅僅是去轉一轉。其實她不想走高速公路，昨天晚上是逼於無奈，今天她沒有找到合乎情理的理由。

為了避免尷尬，蘇敏才說自己要先去轉轉。

滇池是雲南省最大的淡水湖，有「高原明珠」之稱。整個湖一大半都在昆明市轄區內。蘇敏開著車圍著滇池繞了好大一圈，看到合適的地方就停下來拍拍照。無意間看見同好群組裡有人說，滇池旁的觀音山有一個營地，蘇敏順手搜索了一下，發現那兒離自己的位置很近，當即就決定留宿一夜，想著不用太累，第二天一早再往撫仙湖趕。

車子盤上山頂後，蘇敏看見一個小公園模樣的壩子*，壩子裡有幾個石凳，被太陽曬得發白，像古墓一樣；幾根細瘦的樹枝，投射在石凳上，陰影發長，像吐出了生命最後幾口氣，氣若游絲，連隨風擺動都省了。

事實上，蘇敏看到的就是公墓。在壩子的深處，有個四方牌坊上寫著「觀音山公墓」。再往裡頭開，全是一排排墓碑，整齊、乾枯、寂寥、荒無人跡。

「這是什麼專業營地App，太不可靠了。」一連兩天發生這樣的事情，蘇敏一股氣衝了上來。

「得走，這裡是有個停車場，但也不敢住。」看了一眼時間，剛過下午3點半。蘇敏決定不再找營地，直接去撫仙湖。

「走高速，不然天黑又趕不到。」

「早知道就和蔣大哥一行人一起走。」當機立斷是受了上次的影響，有些害怕的情緒又要探出頭來，蘇敏趕緊壓了壓。

* 雲貴高原上的山間盆地與河谷平原，當地稱為「壩子」

不敢多待，蘇敏開車又從觀音山上繞下來。在下山的途中，她碰見一個露天停車場。上山的時候，她光顧著看導航，沒有注意。

這個時候，好巧不巧，蘇敏看清楚了。停車場裡沒停幾輛車，沙土地上鋪了些碎石子，一個用木頭搭起來的長方形盒子上面用紅色油漆寫著「廁所」兩個字。在廁所旁邊，立著一塊木頭板子，上面用黑色油漆寫著：停車每小時五塊。

不過蘇敏注意到，還是有兩輛露營車在那裡停著。

沒有要停下來的意思，蘇敏轉頭看完後踩了一腳油門，把速度提到了70公里。她想盡快離開這裡，試錯的過程，這兩天感受得真切。

剛一下來，蘇敏就看見群組裡的成員在說：「營地在公墓後面，還要往裡再開開。」

「即使後面有不錯的營地，我也不敢去住。」蘇敏心想，無論如何都要離開這個地方，她不想像前幾天一樣，受困在深山老林裡。

「一朝被蛇咬，怕了怕了。」

上了高速公路後，蘇敏不小心碰到了音響開關，聽到收音機裡面傳出來的聲音，她緊張了一下，有些像是針頭扎進血管，她用手自然而然地握實方向盤。不過痛也只是一瞬間的事，幾秒鐘後，蘇敏鬆了一口氣，「還好聽到的不是他的那些『神曲』，以前一開車就放，還專程花錢拷進了隨身碟，也不知道有什麼好的，吵死了。」

蘇敏開車的時候從來不聽歌，唯獨這一次，她沒有關掉音響。

在出城的高速公路上，廣播裡放著〈鴻雁〉；而趕往撫仙湖的蘇敏，馬上也將見到成群的「鴻雁」。

2 ＿＿ 金錢

撫仙湖的營地不錯，有水源，有廁所，營地裡還鋪了草坪。比起之前幾天經歷的囧途，蘇敏很慶幸選擇趕過來。「雖然上了高速，花了81塊錢過路費。」

蘇敏把車停在一個角落，她不想突兀地立在眾露營車中間，刻意找了個隱蔽的位置。一排排露營車並列而放，有些像建築工地旁的組合屋，但細看一眼，又比組合屋高級多了。

營地不遠處，就是撫仙湖。撫仙湖的面積有212平方公里，僅次於滇池和洱海。雖屈居雲南省第三大湖，總蓄水量卻是前兩者之和的四倍，有著相當豐富的水利資源。湖面四周圍著很多的水鳥，不太怕人的樣子，反倒有些親近人。牠們成群地從水面上騰起，快速衝上天際，又猛然下墜，直至立在湖邊的石礫以及護欄旁。

蘇敏蹲在一塊有水的石頭上，用手去攪動一汪湖水，陽光的直射，讓她有些睜不開眼睛。

「真好看，藍天和白雲在一起了。」出來到現在，在言語上不再受制於人，有些幼稚的話，蘇敏時不時總能說出幾句。

蘇敏打算在營地住上幾天，一是因為環境好，二是因為不收費。

蘇敏喜歡在下午的時候去湖邊溜達，湖邊的風幾乎沒有斷過，隨處可見的白蓮蒿、狗尾巴草，總是順著風的方向，一路追逐。夕陽西下，光掠過蘇敏的肩膀，打在湖面上，似乎為它染上了一層鍍金後的光芒。

這個景象，像極了一幅畫。

這兩天蘇敏總是在湖邊餵鳥，餵完後會在石頭臺階上坐一會，曬曬太陽。腳前叢生的蘆葦和她的頭髮一樣，在初冬的雲南，迎著微風亂舞，貌似缺少一絲水分，即使此處毗鄰湖水。

在營地駐紮的第三天，蘇敏見到了自己的一個粉絲。那是從出來到現在，除了媒體，第一次有人專程因她而來。蘇敏很開心，透過社交平臺，自己的故事讓很多人知曉，她毫不掩飾的「曾經」，也讓很多人感同身受。

她有了一種可以幫助別人的喜悅，雖然這並沒有任何實質上的助益，但每一個人都告訴她，她很厲害。

和這個同齡的姓徐的姐妹聊得正歡時，蘇敏的電話響了。看見顯示幕幕上寫著「曉陽爸」，蘇敏的心提緊了一下。沒有拖延，蘇敏「喂」的一聲接起電話，只聽見電話那頭傳來丈夫老杜的聲音，說的第一句話就是：「你走高速了對嗎？刷我的卡，81塊錢，趕緊還我。」

心慌的感覺一下子就消失了，蘇敏只覺得一股火衝上了腦門。

「就這件事？出來到現在，第一通電話，就為了這件事？」

蘇敏連連問了兩遍。她有些不相信說話的人是自己的丈夫，她又不得不相信，這就是多年來始終如一的丈夫。

出來40多天替自己做的心理建設，因為丈夫的一句話，又崩塌了。生活的改變，並沒有使蘇敏變成另外一個人。但她還是受到了影響，千里之外的影響。

慶幸的是，蘇敏和他相隔千里。在片刻的失神後，她趕緊將思緒扯了回來，一手用力地按下紅色按鍵，把電話反扣在小桌子上。

抬起頭，蘇敏看著眼前的網友，有些尷尬地笑了笑，起身朝車後走去。

「沒想到你老公真的是這樣，沒見到還真不敢想像，你說的那些都是真的。」網友徐大姐有些吃驚，瞪大了眼睛，看著蘇敏。

「習慣了，只是沒想到，跑了這麼遠，都能追著。」

「像個千里討債的。」蘇敏從後車廂裡拿出水壺，打算喝口水消消氣。

蘇敏想不通。她不知道兩個人的婚姻，為什麼不能談「錢」。

她人生中添置的最大分量的物品，就是身後的這輛小車。執意要買車的她，花了2年的時間才還完貸款。她將退休工資貼進每月的貸款裡，仍然不夠。

在為還貸款去超市做推銷員期間，蘇敏每天要面對大量配給她的商品，但她幾乎都不認識。開始的時候，推銷成功率和她的底薪一樣低，每日發麻的鼓膜和磨損的聲帶，讓她覺得必須換一種方式。

她開始學著變著花樣推薦，和不同的人說不同的話，賺錢買車的動力，讓蘇敏把自己放得很低，卻也高於困在婚姻裡的角色。

「那段時間，每個月就只剩800塊錢的生活費，也不知道自己是怎麼過來的。」

蘇敏從小喜歡車，從來沒有奢望過能買得起房子的她，卻沒斷過買車的念頭。沒想到，開著自己的車出門，暗地裡還是和丈夫老杜有所牽絆，她著實有些氣。

掛上電話沒多久，蘇敏爬進駕駛座，一把扯下了貼在擋風玻璃上的ETC卡，順手丟進副駕駛前的抽屜裡。

「免得還有下次，取下來，一了百了。」蘇敏的氣並沒有消，她有些嗔怪自己，「幹嘛用他的卡，走人工通道不行嗎？」

這樣的細枝末節，在一起生活的時候，時刻顯現，蘇敏無法擺脫。

而現在，或許可以擺脫，希望可以。

3 ____ 遷就

待了幾天，營地的管理員看停車的人越來越多，開始收取停車費用。蘇敏和蔣大哥商量了一番，決定出發往大理去。

還沒出來前，蘇敏就把大理設定為自己必須要去的目的地。在帶孩子的那些日子裡，蘇敏在小說中見過太多次這個地方，「那是個神秘的地方。」

蘇敏或許不知道，「風花雪月」才是大理的代名詞。這座身在蒼山洱海間的城市，有著山川湖海的底蘊，走近它也要越過山川湖海。

走山路，蘇敏的車反而更加便捷。一行人，4輛車，大家走得並不快。一路爬到山頂，出現了一個平緩的空地，是水泥鋪的，像是專門提供給車停放的地方。

蔣大哥打電話給蘇敏，他的意思是休息、做午飯，蘇敏也是這樣想。

在上山的途中，蔣大哥開車，妻子張姐就在車後面燉肉。這樣的節奏，大大地節省了時間，也是出來這麼久他們悟出來的經驗。

各自分工做菜，沒一會兒工夫，架好的小桌子上就擺好了幾道菜。桌子中央，擺著一小盆剛榨好的油辣子。恰如其分出現的油辣子，讓幾個人的味蕾得到難得的統一，就像他們結伴出行，保持好了剛建立起來的默契一樣。

「你姐還在看著肉，馬上就好了。」戴著鴨舌帽的蔣大哥是個高高瘦瘦的人，帽子下的一雙眼睛，隱藏在眼鏡後面，不時地抬頭瞄瞄，像是可以看穿一切。

而坐在蘇敏旁邊的王大哥，常常帶著微笑和她說話，微笑中顯出關懷又有一種刻意的老練，似乎這是他一種隨常的派頭。相同的是，他也戴著一副方框眼鏡，眼鏡上面也有一頂同款鴨舌帽。

蘇敏和他們也是一樣的行頭，黑色鴨舌帽，紅色邊框眼鏡，甚至連休閒帽T都是同一種類型。或許，在外旅行，這樣的裝束最為尋常。

蘇敏有一瞬間的恍惚，她以為自己和他們是同一類人，帶著同樣的目的出行，最終也將帶著同樣的目的回去。

午飯是在紫溪山山頂上享用的，面前有一個大水塘，水塘四周用木柵欄圍著，像是故意隔絕開來。蘇敏說裡面可能有魚，她沒有看到有人來釣魚，卻看到不少村民在採蘑菇。

「聽說蘑菇叫九月黃，但我們也不認識，不能亂採。」出來之前，蘇敏就聽說雲南遍地都是蘑菇，沒想到就這麼遇到了。

「沒關係，我們也不吃。」張姐朝蘇敏擠了擠眼睛。

「也是，不敢亂採。」蘇敏附和了一句，但她的眼光並沒有離開，一直跟著眼前的村民轉動。

從小在西藏長大的蘇敏，和張姐有著不同的成長背景。蘇敏看著這些原生態的東西，會有一種不一樣的情感，她說不上來，有點似曾相識，但明明又不相識。

到了大理後，蘇敏長了記性，不再單純地相信營地導航，提前就在一個同好群組裡問了大理可以停放露營車的位置。

到了蒼門山下的停車場，她發現車是可以停的，但是守門的警衛臨時抬價，一晚要20塊錢。這下幾個大哥不樂意了，一窩蜂就圍了上去。

「你便宜點嘛，我們好幾台車。」

「我們還有一群人沒到呢，到時候介紹生意給你。」

「之前朋友停車都是10塊錢一夜……」大概是受不了幾個人唧唧喳喳，警衛老先生也就答應了一輛車10塊錢。停車場裡有監視器，有水，還有廁所。

爭取到這樣的結果，幾位大哥非常開心。60多歲的幾個人，像是幹成了一件很了不起的大事，嘴角咧得老高。為了慶祝獲得一場勝利，蔣大哥提議去餐館，不要自己做晚飯。

選了好幾家餐廳，王大哥最後拍板，說去吃重慶火鍋。

「來雲南不吃菌子，吃重慶火鍋？」蘇敏提出了自己的想法。

「不好吃，不好吃，喜歡吃辣的人，還是得吃重慶火鍋。」王大哥像是早已斷定菌子火鍋不好吃，在他心裡有自己的食物評判標準一樣。白天在山上吃午飯的時候，他幾乎每一道菜都要單獨挖一勺油辣子。

「你想吃菌子火鍋嗎？小蘇，想吃我們就去。」蔣大哥像是讀出了蘇敏的意圖。

蘇敏連忙說了句：「不用，不用，聽大家的。」她習慣遷就身邊的人，即使自己不想。而這樣的遷就，蘇敏覺得也是尊重，畢竟少數服從多數，她寧願委屈自己的心意，也不想別人來刻意照顧她的情緒。

「至少他們問過我的想法，即使最後沒選。」看著比丈夫大不了幾歲的蔣大哥，蘇敏心裡流過一股暖意。她根本不在意吃什麼，只是在30多年的婚姻中，丈夫從來沒問過她想吃點什麼，就像從來沒有在意過她這個人一樣。

4 ＿＿ 旅行團

第二天一大早，蔣大哥就告訴蘇敏他們報了個旅行團，要來一次大理深度遊。

「150塊錢一個人，玩一天，四個景點。」

「划得來，划得來。我們把幾個人的團費都交了，一會兒車就來接。」張姐跟在蔣大哥身後，生怕自作主張，蘇敏會責怪。

既然已經把她算在裡頭，那也不好推脫。蘇敏連忙把團費轉給張姐。

不一會兒工夫，旅行團的大巴士就來把幾個人接走了。一上車，屁股剛坐穩，導遊就開始友情告知：「我們一會兒要去古鎮，但是你們不要亂買東西，比如我們這邊的特產，銀杯子。」

蘇敏心想，眼前這個和她幾乎一般高、戴著一頂遮陽漁夫帽的小女生還真是負責。

不過，沒一會兒的工夫，導遊又舉起擴音喇叭，「銀杯子可以去濕氣、治百病，還可以洗毒，特別是當地產的雪花銀。而在當地產的雪花銀中，只有一家店賣的才是正宗的。」

越說越玄，蘇敏這才反應過來，之前的一切都是鋪陳，為的就是最後那一句「只有一家店賣的才是正宗的」。

蘇敏覺得自己看穿了「面具下的謊言」，手抱臂，笑了笑。但坐在蘇敏周圍的幾個大哥來了興致，不斷追問，到底哪一家才是最正宗的。

大巴士的第一站把他們送到了天龍洞，並沒有去古鎮。一路上，導遊極富熱情地圍著蔣大哥幾個人。

「天龍洞，《天龍八部》裡段譽遇見神仙姐姐的地方。」

「頓悟的好地方。」

蘇敏倒是聽得很認真，但蔣大哥他們有些著急，即使有一條人工巨龍攀附在整個山壁上，也沒有吸引住他們的目光，總是問什麼時候可以去銀店看看。

後來，在遊船上，他們才有點像一個遊客正常的樣子，幾個人舉著手機四處拍照。蘇敏坐在鐵皮船的船尾，用背靠著皮欄，伸手想去碰水裡的水鴨。

「距離太遠，摸不到。」蘇敏朝撐船的漢子吼了一聲，隨即引來了好幾個人的附和聲。

船頭的撐夫見大家都在起哄，一把舉起船槳，順著水朝水鴨的方向攪動一下，一群鴨子全部躍起身子，幾秒鐘後，落在蘇敏的船舷邊。

「看看，看看。」撐夫大聲地笑了起來，在太陽的直射下，他的臉更加黝黑，像是恩受了本地所有的日照。

蘇敏這才覺得，這150塊錢，不算白花。

最後一個景點才是去古鎮，至於原因，可以想見。等車一到古鎮，蔣大哥和王大哥直奔導遊說的店好一番挑選，最後都看上了同一款雪花銀水杯。

銀水杯標價1080元，兩人拿出了昨日在停車場講價的氣勢，最終成交價為1000元一個。

付錢的時候，蔣大哥還回頭問蘇敏：「小蘇，你怎麼不買一個呢？這個杯子好得很啊。」

「我現在這些錢，加油都不夠，買了喝西北風去。」凡事都講究個你情我願，蘇敏不想讓他們掃興。

拎著袋子，幾個人剛走出門沒幾步，就看見整條街滿是銀店，而且每一家都在牌匾上寫著「祖傳手藝，假一賠十」。

進門一瞧，每家的價格都比蔣大哥買杯子的店要便宜。他費盡口舌，花費1000元買的杯子，這些店只要一半的價格。

像鬥敗的公雞，兩個人有些受挫，低頭不知道討論了什麼，兩人又去買了一對勺子。

「便宜也占了，貴的也買了，還是小蘇你行，什麼也不買。」王大哥對蘇敏有些刮目相看。

「我是沒錢，要打算著花。」蘇敏倒也是實在，在這些事情上並不遮掩。

出門到現在的開銷，都靠著每個月2380元的退休工資，蘇敏必須得規劃好。

「最近還多了些打賞，不多，但也可以加點油。」蘇敏口裡的打賞，是她每隔一日的直播收入。在成都的時候，老同學杜杜的兒子告訴蘇敏，做直播可以賺到錢。蘇敏這才想辦法多賺點。

蘇敏考量的很多，不能向女兒開口，也不可能向丈夫開口，節省就是唯一的選擇。

「人一旦選擇少，就會算得多。」

「沒錢了，我就停下不走了，等著下個月的退休金。這個月就花得多。」蘇敏一邊走，一邊和張姐閒聊。

「今天加上吃飯總共花了240元，心疼。」走到大理，蘇敏才第一次花錢報團逛景點，而且還是被迫的。她和眼前開著露營車到處走的蔣大哥、王大哥、張姐不一樣，至少在經濟層面上。

蘇敏也想過，和丈夫的關係這麼糟糕，是不是因為自己生了個女孩。這只是她的一種猜想，別的原因當然也有，家庭、長相，甚至是經濟實力。

這樣的猜想是無法驗證的，她不能去詢問女兒，也不能從別人身上找到答案。而這樣的猜想，貫穿了蘇敏整個婚姻生活，縈繞不休。

一早就起床的蘇敏，看見停車場旁邊的廣場上有人在跳舞。和還在盥洗的蔣大哥一行人打了個招呼，她就朝廣場走去。

幾個穿著民族服裝的人，像是在為某一個活動表演，跟隨著音樂的律動，他們扭動得異常和諧。蘇敏站在一圈人裡面，不免也跟著哼了起來。

沒過幾分鐘，一個穿著破爛、佝僂著背的老人拄著拐杖走了過來，走到人群中。老人伸出了一隻手，由於要支撐著全身的重量，另外一隻手不能離開拐杖。圍觀的人看見不斷靠近的手，開始往後退，齊齊不說話。蘇敏遲疑了一下，伸手掏遍了口袋，翻出一個蘋果和10塊錢，放在老人的碗裡。

「他每天都在這裡轉，我都瞧見好幾天了。」站在身旁的一個大姐說話了，似乎被暫時禁言，現在又得以解封。

「沒什麼，看見了，只要有點就給點。」蘇敏並不在乎這個人是出於何種目的要來乞討。她知道自己不能真正地幫到他，但又想，這就好像人的生活，本就不容易，也正因為如此，彼此才會這樣出乎意外地善待對方。

給完錢的蘇敏沒有繼續看表演，轉身往回走，蔣大哥昨晚和她商量後決定，今天他們要先去洱海附近晃一晃，然後趕往麗江。

面朝洱海，蘇敏順著步道找尋最合適的位置照相，最後在正對月亮宮的位置上落定。她聽說過楊麗萍，知道她是個大舞蹈家，一生未婚，無兒無女，其他的就一無所知了。

「她真是個厲害的人，比我還大6歲。都是女人，活到最後，還是要為自己、為夢想活一把。」

蘇敏在這個「真」字上，重重地停頓了一下。她不完全瞭解楊麗萍的人生經歷，但這不妨礙她心裡的認知。

在洱海旁的一間店鋪裡，蘇敏買了些鮮花餅。疊鋪在門前簸箕裡的乾玫瑰花瓣，有些像沁色的雪花，一個戴著口罩的機器人，坐在長條凳上壓著花瓣，一進一退的動作，有點滑稽。而促使蘇敏決定買來試一試的是牆上的一句話：「最好的香味是健康。」

「這話說得對，沒有健康就什麼都沒有了。」蘇敏有些恍神，她像是想起了某件往事，似乎一種無形的東西已經不在這裡了。

蘇敏買了三盒鮮花餅，給幾個大哥一家分了一份。蘇敏的好友曾經說她，「如果蘇敏有錢，那她肯定豪氣沖天。」

這話蘇敏時常聽到，總會高興一會兒。或許，這個分享的時刻，是她距離豪氣沖天最近的時刻。

蘇敏深知，這也是她距離丈夫老杜最遠的時刻。

5 ____ 骨子裡的我

順著214國道駛上大麗線，一直朝北走165公里，就到了麗江。蔣大哥一行人走高速公路，他們和蘇敏約好晚間時分在麗江會合。

國道上車不少，蘇敏瞧見了不少外地牌照的車，還碰見了一支摩托車隊。他們騎得比蘇敏開得快，從她的車邊呼嘯而過時，捲起一陣轟鳴聲。而兩側的樹木茂盛且粗直，夾著雲貴高原的熱氣，有一種繁盛之餘的乾枯味道。出來兩個小時後，蘇敏打算在一個村子邊休息一下。圍著村子轉了一圈，看得出來，村子裡以前居住著不少人，現在漸漸空了，只剩下零散的兩三家人。在村子的盡頭，有一排排老樹，插在土質微紅的地裡，和樹身上的苔蘚並列，依稀能透出荒蕪之前人居的鼎盛。

蘇敏把車停在了一塊空地上。空地旁有一排瓦房，房子周邊有一根水管，大概是用來接山上的泉水。

「有水方便洗菜洗碗。」遇到活水，蘇敏更加願意架好桌子，放上爐子，將鍋裡加滿水。這一系列動作，她已經可以控制在2～3分鐘內完成。

吃一頓午飯，似乎就可以獲得慰藉。

再來洗菜、切菜、準備佐料，也就5分鐘的工夫，而此時鍋裡的水正好沸騰，放入麵條、菜，煮個三分鐘，盛到放好佐料的碗裡，一頓午飯就做好了。

關於吃飯，出來50多天的蘇敏形成了一種固定的模式。在趕路期間，大多以麵條為主；在營地休整的時候，她會為自己煮兩道菜。

而加入雞蛋是貫穿這兩種飲食方式恆定不變的一環。它像是承載了某些習慣，固定出現在蘇敏的早、午、晚餐中。

進了雲南境內後，日照強烈，時常讓蘇敏想睡。吃完午飯，蘇敏把副駕駛座往後靠了靠，她打算小睡1個小時。一個人開車，疲勞駕駛太危險，在這之前，她差點就因此撞上一輛車。

蘇敏的車技在她這個年紀的人中，算很不錯了。她喜歡開車，異常喜歡。

「能找到骨子裡的那個我。」蘇敏總是這麼說。在49歲那年，她考駕照，一次就過了。

蘇敏還記得，在考駕照的那段時間裡，有次一個交警坐在旁邊，他看了一眼她的身分證說：「這麼大年紀了，學開車幹什麼呢？」

「就是喜歡，再說了，百歲還未過半呢！」對於這樣的好奇，蘇敏覺得是正常的認知。但她就是喜歡，即使那個時候，她還沒有屬於自己的車，更沒有買車的錢。

學會開車了才動了買車的念頭。喜歡車這件事，或許和蘇敏小時候的經歷有關。她在昌都念小學，在一座山後面，那是一個電廠的附設小學，她每天要從林場走很長一段山路去上學。放學後，也總是一個人走這段路，日子久了，自己時常會心急。有一次，晚放學的她走到一個凹溝裡，四周黑得伸手不見五指，她偶然回頭看到一片亮閃閃的東西，嚇得趕緊跑。

後來才曉得，那是林場裡的木頭，被人丟在溝裡腐爛了，發出光來。

「那個時候就覺得，要是有車多好，有一輛車就什麼都不怕了。」即使那個年歲，蘇敏見到的車最多不過是拉木材的三輪車。

而現在，蘇敏躺在副駕駛上，享受著陽光的恩賜，做著一個好夢。

結伴的好處就是凡事都有人替你想著。蘇敏的車剛到麗江，蔣大哥就打來電話問，生怕她又繞到哪個溝裡走不出來。等蘇敏把車開到會合的營地，發現幾個人已經架好桌子，通通倚靠在帆布折疊椅子上曬太陽，藍白條紋靠背像是早已統一好的色彩，在力的作用下，往下凹墜。而在最外面，蘇敏看到了一把空著的椅子。那是蔣大哥前幾日買的，他總是說蘇敏的折疊板凳坐著太難受，幫她找個舒服的試試看。

停好車，蘇敏沒有忙著去撐開帳篷，她從後車廂裡拿出幾顆蘋果，一屁股坐在那張等她等得有些發燙的椅子上，埋著頭開始削皮。

「就剩下這幾個了，就算吃個下午茶。」蘇敏安起心來，要把這幾顆蘋果削完分給大家，就像她今天執意要塞給那個老人一樣，沒有理由。

這個有20多種少數民族居住其中的旅遊城市，擁有世界文化遺產「麗江古城」、世界自然遺產「三江並流」、世界記憶遺產「納西東巴古籍文獻」這三大世界遺產。來過雲南的人，幾乎都來過麗江，而來過麗江的人，都會逛一逛古城。

第二天，一行人在麗江古城閒晃了一整天，蘇敏買了一件30塊錢的披風。用廉價的化纖毛線織成的披風，混雜了好幾種顏色，掛在蘇敏的身上，讓人有了一絲錯覺：是否穿錯了小孩子的衣服？

但蘇敏很喜歡，買了就套上，還特意跑到公共廁所塗上了口紅。剛美了沒幾分鐘，王大哥就提議，大家AA制去吃個飯。一聽到脫口而出的火鍋，蘇敏的腦袋又大了。

「又吃火鍋。」蘇敏腦子裡想。

「你們成都人火鍋吃不夠嗎？」蘇敏嘴裡說。

「雲南菜我們也吃不慣啊，就吃火鍋吧。」王大哥似乎是在認真排解蘇敏的疑惑。

蘇敏不好多說什麼，一路上幾個人對她的照顧，讓她倍感溫暖，剩下的細節索性就不去計較了。

那頓火鍋是一行人離開麗江前的最後一餐，火辣辣的，剛剛好。

6 ____ 心中的日月

香格里拉是雲南省迪慶藏族自治州轄縣級市，藏語的意思為「心中的日月」，它處在滇、川、藏三省區交界地，因出現在英國作家詹姆斯．希爾頓的著名小說《消失的地平線》（Lost Horizon）中，而為世人所嚮往。蘇敏也很嚮往，只是這本書她未曾讀過。

麗江離香格里拉不遠，不到200公里的路，一天的時間就能趕到。蘇敏的車在國道上開得不算快，從進入雲南境內開始，大自然的風景讓她心情雀躍。身旁的玉龍雪山和哈巴雪山，順著車行的速度，像一幀幀嵌入世間的畫，在眼前閃現，卻又顯得不真實。

越往裡走，海拔越高。對於出生在西藏的蘇敏來說，18年的成長歲月讓她早已習慣含氧量的稀薄，而後幾十年的生活，也不曾改變她的習慣。就像生而有之的某種特殊技能，不管你在哪裡，經歷了什麼，它都會牢牢地和你綁在一起。

臨近中午時，蘇敏提前停車一下子，把米燜進了小電鍋裡。她覺得越往裡走，海拔越高，到時候米不容易熟。果不其然，當她揭開那個綠色方形電鍋時，裡面是方扁扁的米飯，冒著熱氣，有種缺少什麼似的乾淨。

「還是煮出了夾生飯。」蘇敏沒有辦法，捨不得浪費的她，還是配著辣椒炒雞蛋，三三兩兩地填進了肚子。在高原地區的生活中，壓力鍋是日常的產品，蘇敏沒有準備，一是覺得太占位置，二是也不想浪費錢。

「畢竟做飯的鍋都有，捨不得。」吃了夾生飯的蘇敏，似乎和過去的記憶永久絕緣。明明就知道飯不會熟透，還是想要一試；就像明明就覺得婚姻有嫌隙，還是想要挽回。

不再燜飯的蘇敏，買了一小袋饅頭，一個1.5元，她付錢的時候覺得有點貴，但回頭一想，又覺得價格合理。這樣的自我矛盾時常出現在她的生活間隙中，不會輕易消失。

站在香格里拉古觀景點，兩座雪山才算真正地聳立在眼前。沒有移動，也更顯真實。趕上不錯的天氣，太陽透過稀薄的雲層打在雪山腰間，有日照金山的盛景。蘇敏舉著GoPro，希望能把眼前的一切以最完美的狀態收入。或者說，她不想忘記。

不想忘記的還有味覺上的記憶。香格里拉臨近藏區不到200公里，蘇敏開始懷念酥油茶的純，想念糌粑的香。它們像隱形於蘇敏身體裡的記憶，不曾拿起，卻有痕跡。

「你們或許吃不慣，酥油茶有股味道，不太讓人接受得了。」

蘇敏向身邊的張姐說著，她不想讓人誤解了自己心中的食物，現在看起來，那些日子還是一段值得回憶的時光。

逛了一陣後，蔣大哥幾個人有些高原症的症狀，蘇敏讓他們先回營地休息，自己要去轉經筒看看。

「那可是世界上最大的轉經筒。」蘇敏對於轉經筒並不陌生，但是她想知道，「世界上最大」到底有多大。連著爬了好一段樓梯，繞了幾個大彎，蘇敏有些氣喘，在氣息變得急促的片刻，突然想到了丈夫老杜。

丈夫老杜身體不好，時不時就呼吸急促，蘇敏有些明白這種身體上的不可控。她生出了一絲憐憫，這種感覺又在看見轉經筒那一刻，轉瞬即逝。

眼前有八九個人，穿著紅色的襖子，頭上綁著同一色彩的頭巾，按照順時針的方向圍著轉經筒移動。蘇敏站在石梯上看了一會兒，她不想闖入她們中間，打破她們的節奏，就像蘇敏不願意輕易打破既定的規則。

等幾個人轉得差不多，蘇敏才混入其中。穿著紅色呢子大衣的她，從視覺上幾乎和那群人合為一體，卻又經不起細看。

不過目的總是一致的，至於是否可以，那就只是內心的一種篤定。就像幸福的意義，本就存在多種詮釋。

王大哥打來電話，說晚上請客吃犛牛肉火鍋。無論王大哥走到哪裡，味蕾的喜好都無法改變。蘇敏趕到餐廳時，火鍋剛剛煮好。不過，不會沸騰的鍋底帶來不了太多的熱氣，幾個人越吃越冷，不到一個小時就在喊撤退。

蘇敏吃火鍋的時候突然意識到，自己的帳篷或許不足以抵禦高原的寒冷。沒考慮太多，從餐廳一出來，她就跑到對街的一家超市買了一張電熱毯。這樣的東西，稀鬆平常地出現在這個地區，就像注定會被需要一樣。

不過到了半夜，蘇敏還是醒了。電熱毯的耗電量太大，電瓶沒電後，她被凍醒了。凍醒後，蘇敏不敢起身，盡量把身上僅存的熱氣聚在一起。她摸到腳底的襪子，用腳一點點勾到了手裡，又小心地套在腳上。整個動作下來，她幾乎屏住了呼吸，生怕動作幅度太大，會打散了熱氣。好像在這種情形下，連呼吸重了都不行。

此刻，身上的被子像一張薄紙的篷面，壓住了風，卻壓不住冷濕的氣息。從各個角落溜進來的濕氣，讓內外的溫度無甚差別。蘇敏像是睡在四面透風的屋裡，在單薄的被褥下，護著殘存的一點體溫。

躺著喝了一口保溫杯裡的溫水，蘇敏拿著手機數時間，在等清晨到來。她有些想念白晝裡直射的陽光，睜不開眼沒關係，重要的是可以傳遞溫暖。

好不容易熬到了早上6點，蘇敏爬了起來。整夜的霧氣打在棕色的帳篷外皮上，聚成一層層水珠，掛在帳篷上沒有往下落，顯露出經霜受潮的內情。而此刻，霧氣還在漸漸加重，太陽想要衝破它，還要費一番周折。

蘇敏用最快的動作盥洗完，她在等蔣大哥一行人醒來，離開這裡。

6點半，一向最早起床的蔣大哥，看見坐在瓦斯爐前的蘇敏，裹著一件紅色呢子大衣，不停地跺腳。

「小蘇，你穿這衣服還挺好看。不過今天怎麼起這麼早？」

睡在露營車裡的蔣大哥，似乎沒有受到寒冷的侵襲，一早就開始打趣。

「我半夜就醒了，凍的。」蘇敏有些自嘲。

「那我們今天就走，去保山，那裡氣候好。」本來還咧嘴歪笑的蔣大哥立刻正經了起來。

這樣的對話，出現在清晨第一束曙光來臨前，清空了蘇敏因為寒冷受凍而帶來的低落心情。

「好，我幫你們煮好了雞蛋。在鍋子裡保溫。」蘇敏笑道。

7 ____ 停不下的腳步

「當你老了，回顧一生，會發現讀書、工作、戀愛、結婚都是命運的巨變，以前還以為是生命中最普通的一天。」出來2個月後，蘇敏錄了一段影片，作為對自己前半生的總結。

到了保山後，幾個人討論去丙中洛看一看，問蘇敏要不要一起。

這個靠近西藏自治區的小鎮，也是雲南邊境的少數民族鄉。

在這之前，蘇敏從未聽說過。

「帶你去看看怒江第一灣，美得不得了。」王大哥希望蘇敏跟著一起走，在言語上引導。

從230省道出發，穿過一段美麗的公路，然後上219國道，400多公里的距離，一天跑下來並不輕鬆。出來到現在，她從沒有在一天之內，開過這麼遠的國道。但對於邀約，蘇敏不想拒絕。

「反正我也沒事，那就去。」

出發沒多久，他們就塞車了。盤山公路的彎處，像是人的小腸，此刻被車流壅塞，幾乎不剩下空隙，車根本無法通過。

「大概是前面出了事故。」蘇敏對於塞車這件事，有些惱火，趕忙下車，準備去瞧個究竟。

「兩輛車撞了，轉彎的時候，借道視野不好，就撞上對面的車了。」

一個已經打探完情況的貨車司機一邊往回走，一邊對迎面上前的人說著。

「那得多久？還要趕路呢。」

「你從哪裡來，要到哪裡去？」司機大哥見蘇敏舉著手機，以為她在替塞車現場錄影。聽到蘇敏說她從河南來，他不禁睜大了眼睛。

「厲害，厲害，一個女人開這麼小的車，跑這麼遠。」

這樣的詫異反應，一路以來，蘇敏遇到過很多次，雖說不是什麼特別的話語，但她聽得舒服。

沒等多久，蘇敏就瞧見去看熱鬧的司機全部往回跑，困住的車一窩蜂都往前上，喇叭聲一時不絕於耳。

蘇敏不喜歡按喇叭，在開車方面，她遵循著一套自己的邏輯。

從出來到現在，蘇敏已經被扣了三次分，一次在西安壓線走，一次在宜賓路邊違停，還有一次超速行駛。她說她基本上算是全面違規，該犯的都犯了。每次收到違規簡訊時，女兒都會打電話給蘇敏，一則提醒她注意安全，二則叮嚀她一定要遵守交通規則。

而實際上，蘇敏很注意，只是每個城市的道路都存在差異，她光依靠導航，有時也很頭疼。

「有時候，在城市裡開車，真的很難。」蘇敏寧可在國道上行駛，也不願意在城市裡穿梭。

幾個車到達丙中洛時已經過了下午6點，商量了一下，他們決定在鎮外的公共停車場住一夜。這段時間，蘇敏和他們結伴而行，蔣大哥會刻意把蘇敏的車夾在幾個車的中間，即使是停車過夜，也不例外。

「說我的車太小，不安全，用大車圍著好一點。」

「說要養精蓄銳，去看傳說中的雲中仙境。」他們告訴蘇敏，那裡是人和神共同居住的地方。

第二天一大早，雲中仙境就被揭開了神秘面紗。所謂的仙境，是一群起伏山脈中的雲霧，盤桓在整個天際中，遮住了山那頭的世界。

在冬季還未到來前，雪已經將山腰填滿，似乎怕再晚些日子，就占不到最好的位置。從遠方的山尖上飄過來的一些雪花，落到蘇敏肩上的時候，瞬間又化成了雨。

蘇敏走在觀景台的步道上，薄霧中，穿著咖啡色帽T的她，背有些佝僂，像歲月壓著的苦難，經受不起雨水的洗滌。

因為天上飄著雨，幾輛車就沒有待太長的時間，慢悠悠地去怒江第一彎轉了一圈。彎曲幅度幾乎達180度的馬蹄形河流，青綠色的河水曲折而來，又迂迴得明白，朝低勢而去。

蘇敏覺得這樣的畫面很熟悉，像之前見過的金沙江，也像瀾滄江。

由於人沒辦法下去，不一會兒幾個人就說要打道回府。有時候出來旅行就是這樣，喜歡的地方，蘇敏就會多住幾天，而這被雲霧遮住整個天際的地方，似乎離她有些遙遠，雖說半個母親河就在眼前。

正好王大哥又接到露營車主辦人打來的電話，需要他們趕到騰沖會合。會合的目的是為了分離，主辦人把目的地定在了騰沖。

於是又掉頭原路返回，好不容易到了騰沖的時候，天上下起了雨。蘇敏晚上沒有吃飯，撐著傘說要出去轉轉。雨水的駕到，打濕了整個空氣，周遭的路面都沉入晦暗之中，變得不清晰。隨著燈光的退匿，蘇敏走在細長的街道上，被拉長的背影，看上去有些孤獨。

第二天，20多輛車舉行了一個解散儀式，頗有儀式感。原本整整齊齊排列在營地兩旁的露營車，因為有蘇敏的小車加入，顯得有點出戲。就像這群自駕旅行者中，除了蘇敏是自己一個人，別人都有人做伴一樣。

午飯很簡單，依然是煮了一碗麵。似乎在麵條之外別無選擇。

蘇敏不想參與到別人的午餐之中，這樣會有負擔。

蘇敏知道，有些人出現過就足夠慶幸，就像一段路走完了，也就該退場了。這一段旅程，與蔣大哥他們結伴，蘇敏感受到了從未有過的甜頭。

從騰沖去芒市的路上，發生過一次讓蘇敏哭笑不得的小插曲。

兩個從北京來的小女生，雇了一輛帶司機的車，特意過來採訪蘇敏。蘇敏本來計畫要和蔣大哥一行人一起走，商量好了去大理正式的告別。為了等這兩個女孩，蘇敏讓蔣大哥一行人先走一步，第一天先趕到芒市會合。人一到，蘇敏就準備著要走，其中一個女生說司機是本地人，認識路，讓蘇敏跟著她們的車走，蘇敏覺得這是個好建議。

白色的領頭車，是一輛小型SUV，蘇敏記不得牌子，只能在保持著安全距離的狀態下緊跟著。跟了大概10多分鐘後，一輛大車把蘇敏的車超了，巨大的車體，就像是一個移動的方形集裝箱，蘇敏不敢靠得太近，跟在大車的後面走了5、6分鐘才找到機會超車。

向左打轉向燈，猛踩了一腳油門，躥上去後又跟了一腳油門，這才完成超車的整個過程。

「還好，沒跟丟，白色車還在前頭。」蘇敏像是完成了一項很大的工程，鬆了一口氣。

生怕再出現剛才的情形，蘇敏看到前面的車踩了一腳油門，她就踩一腳門；前面的車降速，她就減速；就這樣不緊不慢地跟著，她覺得也挺輕鬆。

跟了大概半個小時，前面的車突然靠邊停了下來，蘇敏也只好跟著靠邊停。沒過一會兒，車上就下來一個男的，徑直走過來，蘇敏趕忙打開窗戶。

「你跟著我幹什麼？你是什麼人，想幹什麼？」男人的語氣有點兇，和那張也不算友善的臉揉在一起，像個兇神惡煞的門神。

「車上不是有兩個小女生嗎？你是司機吧？是她們讓我跟著的。」蘇敏覺得有些莫名其妙，連忙補充道。

「什麼小女生，哪來的小女生，你到底是誰？」男人聽到蘇敏的話後，一張臉越發顯得扭曲，眉毛、眼睛、鼻子幾乎要擰成一坨。

「你的車上沒有兩個小女生？」蘇敏有點慌了，定神一看，發現眼前這個男人確實不是剛才有一面之緣的司機。

「你到底要幹什麼？」男子似乎被徹底激怒了，在這之前，他的表情雖然不友善，但沒有任何肢體動作，這下他伸出那隻黝黑的手，探過駕駛座的車窗往裡伸。

蘇敏嚇得趕緊去按窗戶的按鈕，彷彿只要動作慢了一點，就會被人扼住命運的咽喉一樣。

沒有得逞的男子，插著腰朝車裡碎念了幾句，邊說邊罵人，蘇敏覺得像極了丈夫老杜。這個多日都不曾出現在腦海裡的男人，此刻又浮現了，像揮之不去的幽靈。

蘇敏覺得有些噁心，連忙喝了一口水，拿起手機，撥電話給其中一個小女生：「你們在哪裡呀？我跟丟了。」

「我們都到營地了，已經和你的朋友會合。」

「那我現在就導航趕過去。」蘇敏有些生氣，她沒有氣那個男人對自己的態度，只是氣自己不夠細心，這樣的錯誤很容易引出更大的錯誤，很危險。

因為之前花了81塊過路費的事而早已經拔掉ETC卡的蘇敏，直接找了最近的入口，奔上了高速公路。她不想兩個女生等自己太久，這樣的等待，蘇敏不習慣。

時光無法抹淨

到了晚上，孩子們睡了，蘇敏才能休息。有時候蘇敏寧願累著，也不想回房。她閉著眼睛就能猜到，丈夫肯定翹著二郎腿，躺在下鋪的床上玩手機。

「太吵了，根本就不管你是不是要睡覺。」

「而且還無話可說。」

1 ____ 不能為了面子，最後失去裡子

在芒市短暫的停留一段，回到大理後，蘇敏和一行人正式告別。她沒有什麼可以贈予的，出來之前從家裡帶了些自己做的辣椒醬，就分了幾罐給幾個四川人。

這種和四川人分享辣椒醬的行為，是多日旅行下來蘇敏悟出來的友好交際方式，投其所好，還能獲得自信。

上次來大理，蘇敏是跟著他們一起參加的旅行團。分開後，蘇敏想要去洱海附近再看看，找找那種免費的玩法。

順著環洱海景觀公路，蘇敏把車停在可以下水的路邊。她開車的時候就在四處張望，發現這是一塊不錯的地方，水邊倚著一塊龐大的樹墩。

從這個只剩一半身軀的樹墩，依稀還可以看出它原本是一棵大樹，不知何時遭到了毀滅性的打擊。就像蘇敏一樣，從她的笑意上，你幾乎已經捕捉不到她的過去；但是透過那些轉瞬

即逝的眼神，你依稀可以看出她的底色。

歪栽在水裡的樹墩，有一半露在岸邊的沙土上，探出頭的那半邊生出了些青苔，凹凸不平的，像歷經了多年的苦難一樣。

不遠處的水裡，歪歪扭扭地站著一群小樹，它們是冒出來的新生命，隨著水浪的拍打，發出一陣陣的響聲。

站在沙礫上的蘇敏，還是那副眉眼，在黃昏日落的投射下，蒙上了一層濾鏡般的面紗，比起剛出來的時候，時間的塵土並未讓她變得晦暗，反而更加明亮。

「雲和天幾乎黏在一起，倒影在水裡，好美。」

蘇敏圍著洱海一邊走，一邊錄影。最後有些累了，她才找到一塊草坪，雙腿交叉盤在一起，坐在草地上。隨著不間歇吹拂的微風，蘇敏高高紮起的馬尾，朝著同一個方向吹起，讓人產生眼前這個56歲的婦女還未成年的錯覺。

從在成都開始，蘇敏就喜歡把頭髮編成小辮子，或者聚在一起紮成馬尾。這段時間，蘇敏喜歡日常穿著帽T。這些外在的改變，宣告著一種決心，不管多少，總歸與以前不一樣。甚至在笑起來的時候那豁了口的門牙，都讓人覺得那麼好看，幾乎褪去了苦澀的印記。

由於之前在大理待過好幾日，這次路過，蘇敏不打算停留太久，她想早點趕到西雙版納，盡量留多一點的時間，慢慢開車到海南島。這樣的計畫，也算是蘇敏對接下來的旅行做了一次大致的規劃。

從出來到現在，她幾乎沒有真正意義上去規劃過什麼事。就像蘇敏的前半生，也從來沒有被刻意規劃過，最後才致使自己有了一個荒誕的結局。

趕到西雙版納後，她也要與幾家媒體碰面。因為在路上，蘇敏手機的訊號總是時有時無，不便於做詳細的採訪，幾家媒體和蘇敏商量，最後決定在西雙版納碰面。這是個在深冬時節，還能保持初夏氣溫的城市。除了西雙版納，在冬季持續保持25度以上氣溫的城市，還有三亞。

而這兩個城市，一個是蘇敏即將趕往的，另一個是她的新年目的地。它們之間原本並無交集，歸屬於兩個省，分屬於兩種氣候，相距1800公里；但蘇敏覺得它們有牽連，或許是冬季一致的氣溫，繫起了那根隱祕的線。

迎接蘇敏的是當地電視臺的幾個年輕人，其中一個本地年輕人對蘇敏說：「總有一天，你會以任何方式來到這裡，而那一天就是現在。」

「總有一天，生活對你的所有虧欠，都會悉數歸還。」蘇敏反應敏捷，這讓幾個年輕人有些出乎意料。

他們進行了一個簡短的拍攝，其間蘇敏打聽到了一處停車的地方。

「泰國街附近，龍舟廣場。」這兩個具有顯著指向的名詞，讓蘇敏很快找到了目的地。果然如打聽的情形一樣，廣場旁的這個停車場停著不少轎車和露營車。

這是一個有人專門看管的停車場，停車一夜要20塊錢。蘇敏覺得在這樣的位置，這個價格算合理。這塊長方形的水泥地，被裹在高樓和商鋪中間，不易察覺，可以讓人安心。隨著黑夜的到來，亮起來的霓虹燈預告著這個靠近東南亞的城市的夜生活即將開始。而這種黑夜裡的繁華，和蘇敏無關。

穿著外套的蘇敏覺得有些熱，她剛接了一個電話，電話裡是一個媒體採訪者，年輕人從武漢飛過來，人剛到。他們在電話裡約好，第二天一早見面。出來到現在，蘇敏從第一次接觸媒體時的不敢言深，到現在的暢所欲言，實屬不易。

「我不能為了面子，最後失去裡子。」蘇敏50多年來的帳本裡，什麼都有，除了自己。但此刻，她屬於自己，包括在言論上。

2 ____ 禁忌

丈夫在言論上限制了蘇敏多年。一個眼神掃過、眉頭一緊、鼻子和嘴巴幾乎要擰成一團的時候，蘇敏就知道，他要發怒。

「是不是又說錯什麼話了？」這句話，蘇敏問了自己30多年。

至今沒有答案。

大多的時候，蘇敏不會和他爭執。但忍受了長時間的屈辱之後，蘇敏也會爆發。不過得到的依然是屈辱。在每次與丈夫的衝突中，小則是言語上的攻擊，更甚的是拳腳交加。蘇敏的嬌小身材，不時總會領受一番如此的「禮遇」，留下一些時光才能抹去的痕跡。

而有些傷痕，時光也無法完全抹得乾淨。

第二天，在停車場，背靠著車身、坐在小板凳上的蘇敏，面對鏡頭，直接撕開了自己藏得最深的傷口。攝影機鏡頭裡面的蘇敏，穿著一件雪紡材質的黑底白點短袖，短袖裡面藏著幾道傷痕，和她眼下的笑容有點不協調。蘇敏說，這是在鄭州那段生活裡留下的。

兩年前，蘇敏為此差點喪命。

那天，兩個小孩的爺爺奶奶來看孫子，女兒杜曉陽心疼蘇敏平日裡太累，要她和老杜休息幾天，不用帶孩子。

蘇敏和老杜簡單收拾了幾套換洗衣服，打算回老房子住幾天。這間他們已搬離3年的老房子，蘇敏住了20年，去年政府剛翻修過外牆。但是在房牆邊，一根安裝不穩的水管，凸出半截，不時有水滴落下來，牆面也因受潮長出了青苔。以它們的年紀來說，即使翻修過，老房子的外部衰敗得也有些太快。

那麼多次從此處出入，像是在腦子裡消失一樣，蘇敏有些記不起來了，只剩下一個黑墨墨的影子。就像童年記憶一樣，她記不清家的味道。

剛進家門，蘇敏隨口說了一句：「正好可以休息幾天，帶孩子可真是累人。」

「你，我還不知道你，去幫忙帶孩子，肯定有什麼想法。」丈夫老杜站在電視機前，一個大嗓門朝她吼過來。

蘇敏腦袋裡「嗡」的一聲，全身像是被突然釘在案板上的魚，動彈不得。

「想法？我能有什麼想法，幫自己女兒帶孩子，能有什麼想法？」回過神來的蘇敏，扯著喉嚨頂了回去。

「我怎麼知道你有什麼想法？你又不是正常人。」

「你今天給我說清楚，我有什麼想法？」看著眼前這個男人，蘇敏覺得自己就是個小丑。結婚30多年，到頭來得到的全是指責和懷疑。蘇敏可以忍受一切，唯獨不能被人誤解。

「你就是不安好心，圖什麼只有你自己知道。」在老杜的認知裡，他早已給蘇敏定了罪，無論她怎麼解釋都無法逆轉。

「你給我說清楚……」蘇敏的後背開始冒虛汗，雙手幾乎不受腦子控制，像是癲癇發作，抖得厲害。她試圖控制自己，連忙起身站在老杜面前，老杜卻一把把她推開，蘇敏沒站穩，摔了個踉蹌。

徹底的爆發，或許就是因為摔了一個跟頭。有了這個肢體上的衝突，蘇敏連忙從地上爬起來，拿起餐桌上的水果刀，照著自己手腕就劃了兩刀。

「你給我說清楚！不然我死了，都要證明清白。」

老杜看著蘇敏朝手腕上劃了兩刀，依舊站在電視機前，面不改色。

唯一的不同是，他不再說話。

見丈夫沒有反應，蘇敏拿起刀，對準胸膛用力一捅。直到捅至第三刀，蘇敏胸前噴出來的血止不住往下淌，性命攸關的時刻陡然來臨，丈夫老杜這才反應過來。

「你沒有想法就沒有唄。」丈夫奪下刀，一邊撥打120急救電話，一邊不忘了補充一句。這句話，輕描淡寫，脫口而出，像是在評論剛才發生的一切，又像是在為這場鬧劇做總結。

送到醫院的時候，蘇敏的衣服早已全部被鮮血染紅。在急診室，周圍幾個人聚過來看。事情處在一種難言的狀態中，也許會停下來，也許會不動聲色地變得完全不同。

「怎麼回事？」醫生看著隨救護車一起到醫院的老杜。

「不關我的事，她自己捅的，她有精神病。」老杜連忙解釋，生怕話吐慢了給自己惹上麻煩。

「趕緊送手術室，準備縫合。」對於老杜的解釋，醫生覺得莫名其妙，斜著眼睛瞄了他一眼。

從上救護車到進手術室，蘇敏沒說一句話。她似乎在死亡門檻前顫抖了一下，把伸出的半邊身子又收了回來。蘇敏的腦子像一張白紙，似乎扎入胸口的那幾刀，扎透了心，過去種種雖無樂意，但並不觸及生死。而眼下的事，徹底合上了她僅存的牽掛。

蘇敏絕望到不知所措，放任一切自流。她第一次真正意識到自己傻了，不記得自己是否打了麻藥，只記得縫合的時候一點都不痛，或許刀扎入胸口的那一刻，已經痛過了。

「自殺過了，就不想再去死。」蘇敏抬頭看著鏡頭，她的眼睛發紅了，像受了河風吹，臉上掛著清水洗滌的痕跡。她用有些黑瘦枯乾的手比劃著，暫時放開了懷裡的保溫杯，將衣服的前襟鬆開。

一股涼風從遠處吹過來，捲起地上的碎紙屑，蘇敏用雙手環抱住自己。

蘇敏說她現在沒辦法聽到「想法」這兩個字，一場鬧劇，讓它成為蘇敏的禁忌。

「就怕別人問我有什麼想法。」

事情雖然已經過去，但有些感情再也回不去了。就像那幾個刀痕，傷口早已癒合，但只要一碰觸，就會把蘇敏拉回那天。而那天的一切，就算她埋藏得再深，也是抹不掉的存在。

3 ____ 分歧

一切走到今天這個局面，並不是無跡可尋。就像她出行前並無目的地，但行至此處，同樣有跡可循。

在西雙版納，有句話是這麼說的：「總有一天，你會以任何方式來到這裡。」剛來到西雙版納的第一天，蘇敏就從一個年輕人嘴裡聽到。

她喜歡這句話，像是冥冥注定。30多年前，蘇敏也以為丈夫老杜是自己的命中注定。她當年輕率的舉動，決定了自己而後30多年的命運。等回過神來，她渺小的身影，守著身前的界線，發現自己似乎和人世間所有的快樂都無緣。

到現在，蘇敏都認為婚姻是兩個人的事，即便她不再抱有希望。

「你說，一個人再用力，但旁邊那個人不動，也沒轍。」蘇敏和一直跟著她的年輕人閒聊。在蘇敏的認知裡，想要維繫一個幸福的家，要共同努力，而且要朝著一個方向用力。

3個月的時間，蘇敏已經熟練掌握如何面對採訪和拍攝。她有著極強的接受新事物的能力，對於56歲這個年紀的人來說，並不容易。

「有個網友說，好羨慕我的勇氣，逃出來的勇氣。」蘇敏開著車，眼睛直視前方，說話的間隙還不忘用手去推了推眼鏡。這副深紅色的方框眼鏡很適合她，至少從表面上來看。戴上眼鏡的蘇敏，有了一點知識分子的模樣，褪去了一大半苦難生活的印子。

「對，很多人都很羨慕您。」年輕人叫蘇明，今年剛滿26歲，擁有不錯的專業技術能力，似乎也懂得與這個比自己媽媽年紀還大的阿姨交流。

「羨慕我的勇氣？我是不走不行。」

講述自己的過去就像是在說別人的故事，蘇敏平靜了許多。

「如果有一天，你也被生活逼到了這個份上，無處可躲，除了死，就只能逃了。」蘇敏說得沒錯，如果不逃離，她會窒息。嘗試了死，沒有死掉，那就只能逃。

但蘇敏沒有預料到，這一出來就再也回不去了。自己越走越遠，心也越來越遠。她享受這種距離上的分別，像是隔絕掉所有的瑣碎。

「要不是為了幫女兒帶孩子，我們不可能在一個屋簷下相處那麼久的時間。」

蘇敏幫女兒帶了三年半的孩子，丈夫老杜也在。他們一家6口人，擠在女兒兩房一廳的家中。為此，丈夫老杜特意提醒女兒買個上下鋪，這是答應來帶孩子最重要的要求。

白天的時候，蘇敏和女兒一人負責一個孩子，做飯的時候，還有帶孩子們在附近玩的時候，老杜能幫忙照看一下。和老杜一同出門，蘇敏有些抗拒，但也沒其他的辦法。

在外面，丈夫老杜不准蘇敏和任何人說話，社區裡遇見鄰居也不能停下來攀談幾句。名義上是視線絕對不能離開孩子們，實際上老杜並未在自己身上履行這個規定，他會不時拿著手機看，有時候也會和相熟的鄰居聊天。蘇敏對此不敢多言。

到了晚上，孩子們睡了，蘇敏才能休息。有時候蘇敏寧願累著，也不想回房。她閉著眼睛就能猜到，丈夫肯定翹著二郎腿，躺在下鋪的床上玩手機。

「太吵了，根本就不管你是不是要睡覺。」

「而且還無話可說。」

蘇敏在床安裝好的第一天，就主動選擇了上鋪。她不想和老杜爭，也掛念著他的身體不如自己好。沒想到，睡了一陣子後，她反倒還覺得上面更舒服。

「戴上耳機，躲在被窩裡，誰都看不著。」戴著耳機的蘇敏，覺得自己處在一個旁人觸碰不到的空間裡。

「黑夜的寧靜，能暫時給我一些安慰。」然而蘇敏也清楚，清晨一旦甦醒，她就又將處於困境之中，沉重的枷鎖會自然地到來。

在這樣一個逼仄的空間下，蘇敏建立起了一道隱形的牆，來收藏僅有的自己。在時間的流轉下，兩個人各自安好，貌似相安無事。

「終於到了小時候羨慕的年紀，卻沒有辦法成為小時候想要成為的人。」說完這句話，蘇敏把車停在去普洱的國道上，準備下車錄一段影片。

蘇明要幫她做一個十幾分鐘的短紀錄片，需要蘇敏配合提供一些素材。他們商議展現一段在路上的情形，所以決定一起度過幾日。

無人機升上天，拉長的視角下，出現在鏡頭裡的蘇敏越來越小，像是一點點地脫離了成人世界的苦難。

「只想做回我自己，去看看外面的世界。」一身紅衣的蘇敏說道。

4 ____ 好朋友

沒去成普洱，蘇敏和蘇明被邊防人員強制勸返。眼下這將近150公里的路算是白跑了，再跑回去，總共300公里。蘇敏有些鬱悶，「眼看路都要走到終點了，又叫我們回到起點。」解釋、商量都沒有用，沒有辦法，兩個人只好開著車往回趕。一路上蘇敏一言不發，蘇明也不敢多說話。

「阿姨，你開的真是跑車，我快吐了，慢點轉彎。」大概過了1個小時，蘇明用手去挽了挽蘇敏。

聽到蘇明這麼說，蘇敏才回神，瞬間就笑了。她不是生氣，只是有點嘔，當天在討論要怎麼走的時候，一北一南，蘇敏選擇往北走，這才弄得白跑一趟。

「怪我，怪我。」回到景洪的蘇敏，還在嗔怪自己。

「沒事的，追尋自由的過程，也有障礙。」蘇明連忙安慰蘇敏，看著眼前這個可以做自己媽媽的阿姨，蘇明怕她過分自責。

出來到現在，走錯路的情況，蘇敏不是第一次遇到。只是這一次，有蘇明在身邊，蘇敏覺得有些不好意思。以前在鄭州的時候，丈夫老杜開車走錯過幾次路，坐在副駕駛位上的蘇敏不敢說話。她怕一開口，自己就變成了炮灰，所以在回來的路上，就下意識閉上了嘴。

第二天一大早，蘇敏正在盥洗，對著一塊碎掉的鏡子。鏡子少了一塊，在左上角，但不影響使用。蘇敏的人生版圖也少了一塊，現在在全力補救。

「你這車，車前保險杆掉出來了一截，你怎麼開的？」一個大哥舉著個小菸桿，穿著拖鞋，站在蘇敏車前看。

「啊，我不知道啊！」拿著牙刷的蘇敏趕緊跑上前來，「哎呀，真是，可能是去普洱的路上顛了一下。」

「這可怎麼辦？」蘇敏一邊說話，嘴裡還淌著泡沫，不斷往外冒。

「沒事沒事，我去拿工具幫你修修。」看著蘇敏著急忙慌的樣子，大哥忍不住笑了。

車沒有大問題，沒過一會兒就修好了。等蘇敏遞上礦泉水的時候，她才曉得，眼前這個大哥姓楊，一個人開車出來旅遊已經2年了。

「算是你的前輩吧，這幾天我帶你好好轉轉，叫我老楊就好。」

楊大哥梳著一個油頭，在頭頂紮著個小辮子，黑白相間的髮色揉合在一起，再配上一身褐色的運動衫，一雙網眼拖鞋，有一股疏離人世的味道。

老楊見蘇明舉著攝影機一直跟著蘇敏，但他一句多餘的話都沒問。或許出門在外，不刻意打聽別人的事，是他早已養成的習慣。

趁著吃飯，蘇敏主動對老楊說起了自己的情況。聽了個大概輪廓的老楊，依舊什麼都沒說，只是用力點了點頭，把手中那用竹子削成的菸槍抖了抖。

一時間，蘇敏在西雙版納接觸了幾波媒體，頗有些意味，至少他們的到來，給了蘇敏一種判斷，「走出來沒有錯」的判斷。

到了中午，又來了一個小女生。這次來的是個北京大妞，剛見到蘇敏就給了她一個大大的擁抱。她笑得像太陽花一般，要蘇敏和老楊叫她沉沉。

「沉魚落雁，我就是沉魚。」沉沉留著齊耳的短髮，把眉毛漂得發白，她32歲了，但你在她的容顏上找不到真實年齡的痕跡。

「你像個剛滿20歲的小女生，但為什麼要把眉毛弄沒了？」蘇敏是一個容易受外在情緒影響的人，一眼就喜歡上了這個隨時在笑的女生。

「蘇阿姨，你不覺得這樣才是真的自我嗎？自由如我，自在如我。」沉沉一刻都沒停，手舞足蹈，像是上了發條的玩偶，只等電力耗盡才肯甘休。

「對對對對。」接連說了四個對的蘇敏，還不忘一直點頭，「以前不能明白，也不能接受，現在還是不明白，但是能接受。」

「你看老楊，幾十歲的人，還梳個小辮子呢。」蘇敏抬起頭，用手扯了扯老楊腦袋後的辮子。

四個完全沒有交集的人，因為蘇敏這個支點，坐在了一張飯桌前。這樣的情形，在蘇敏的前半生裡無從設想，而出現後又是如此自然，彼此毫無生分。

老楊自稱半個西雙版納人，做了東，請幾個新朋友吃了頓烤雞。

他們約好隔日去泡個溫泉，「當地人才去的那種。」老楊說道。

吃飯的地方，離告莊夜市不遠，溫泉暫時泡不到，幾個人決定去夜市逛逛。出門到現在，蘇敏在成都花198塊錢買了一頂帽子，在麗江花30塊錢買了一件披風，除此之外，再無此類的支出。

「想買條裙子，我看大家都穿。」這個緊臨東南亞的邊境城市，同樣也是好幾種少數民族的聚集地，穿一身富有熱帶氣息的服裝，是標配。

眼花繚亂的色彩夾著新穎的樣式，在這裡並不奇怪。甚至可以說，穿像黑色、灰色這樣晦暗的色調，在這裡反而容易讓人出戲。

「沒有人會覺得你奇怪，你想怎樣都可以。」老楊手裡的菸槍一直沒有放下過，這個約莫十公分長的竹竿子，他無時無刻不握在手中。

「多待幾天，你就明白了。」老楊看著蘇敏，燦爛一笑。

幾個人輪番上陣殺價，蘇敏最終買到了一件及膝的紅藍色連身裙，花了100元。沉沉見大家熱情不減，說要請大家喝當地的咖啡。

透明塑膠袋裡裝的褐色咖啡，一個人拎著一袋。

「是不是超級好喝？」沉沉瞪大了眼。

蘇敏舉高咖啡袋，低著頭朝吸管猛的一吸：「哇，真好喝呀！」

蘇敏的性格在耿直下暗藏馬虎。昨天晚上去逛夜市前，她說要回車上拿東西，取完東西後，又回去收了晾曬在停車場的衣服。但折回來後才發現忘記鎖車門，等到把車門鎖好，又發現忘記替GoPro充電。

前段時間去成都錄節目，她人都到了機場才發現沒帶身分證，身分證還和駕照疊在一起，卡在擋風板上。

「重要證件都在頭頂，車在，證件就在。」蘇敏回憶起前段時間發生的事情，不禁呲牙笑了笑。

送走蘇明，老楊決定帶蘇敏和沉沉去泡溫泉。到了才發現，老楊口中「當地人才泡的溫泉」是混湯，因為他們去的時間是下午，老楊給她倆單獨要了個池子。

「下次早上6點來，洗第一波。」老楊的細心超乎尋常，完全被掩蓋在他的外表下。

兩個人像是突然得到糖果的小孩，穿著一粉一藍的泳衣，興奮的跳上跳下。一邊泡溫泉，蘇敏一邊問沉沉：「你怎麼不採訪我呢？沒有什麼問題要問嗎？」

「我需要的，我用眼睛去觀察，足夠真實。」沉沉用腳打了打水，在露天泡池中揚起了頭，「真舒服呀！北京可沒有。」

「對呀，真舒服，鄭州也沒有。」蘇敏也揚起了頭。

5 ____ 蘇敏、沉沉、老楊和我

我第一次打電話給蘇敏的時候，她正在溫泉池裡抬頭看天，感受陽光，領略風。等到泡完溫泉她才回我電話，我趕緊訂下第二天一早飛往西雙版納的航班。

「你好，我是蘇敏。」這是我在電話裡聽到的第一句話，溫婉中夾著禮貌。

腦子裡的聲音和影片裡的形象有些出入，一時間讓我有點不知所措。確認了蘇敏的時間安排、具體位置，告知她我落地的時間後，我客氣地掛上了電話。

「一切順利。」我囑咐自己。

12月24日，見到蘇敏的那一刻，一切的擔憂煙消雲散。從機場搭車到蘇敏的停車點，剛好是早上8點半，蘇敏戴著眼鏡站在馬路旁，對著剛從計程車上下來、同樣戴著眼鏡的我揮手。

蘇敏穿著一件黑色T恤，上面印著「快手寶貝」四個大

字；我也穿著一件黑色T恤，上面印著「baby」四個字母。突然間，從這個細小的情節中，我就找到了歸屬。

「這是沉沉，這是老楊。」蘇敏給了我一個大大的擁抱後，摟著我靠近車前。

「今天我們要整理一下車，讓老楊幫忙，把不用的東西都寄回家。」

「這樣方便我們輕車前行。」蘇敏把披著的頭髮用一個髮圈束起，動作俐落。

為了慶祝再一次變成四人組合，蘇敏帶大家去吃米線。平日裡，蘇敏的早餐都是雞蛋配牛奶，省錢也方便。

吃完早飯後，老楊開車帶路，找了一個他朋友的茶葉店門口停車。

「在這裡不影響別人，渴了還可以進屋喝杯茶。」

「有電，有水，還有廁所。」在老楊眼裡，可以同時具備以上幾個條件的地方，實屬難得。一個人開車出來自駕旅行的他，甚至連帳篷都省去了，直接睡在車內。對於生存模式，他自有一番心得，超過蘇敏。

自從他輕而易舉地把蘇敏的車修好後，蘇敏對他也是十分肯定，還夾雜著一些崇拜。他們其實並不屬於一類人，但因為目前相同的處境，讓蘇敏有了一分肯定，她主觀地認為，他們在某處有著重要的交集。

「你幫我看看，不然我還真煩惱。」一邊說話一邊挽起袖子往車後走的蘇敏，準備大幹一場。

「沒問題，先把可以拿出來的東西全部拿出來，剩下的就好辦了。」老楊舉起了他的菸桿，它像是教課老師的戒尺，可以指點對錯，甚至指導人生。

反而站在旁邊的我和沉沉，似乎有些多餘。

「不用你們幫忙，你們看著就好。」

刺眼的陽光，將茶葉店馬路對面喜來登飯店門口鐵柵欄的影子鋪在地上。蘇敏粉紅色的泳衣掛在柵欄上，投下一小朵陰影，像是多出來的一塊。

套著黑色羽絨服的沉沉，像是罩在一張巨大的睡袋裡，和穿著短袖的我一起站在馬路旁，讓人分不出此地到底處在何種季節。

眼看兩人剛把車裡的東西全部搬出來，茶葉店的老闆就開車過來了。

「進來先喝茶，慢慢收。」

「朋友的朋友，都是朋友。」老闆叫滿爺，人如其名，眼睛裡都是熱情，快要溢出來了。

坐在主人位上的滿爺，親自泡了兩種茶，分給長桌上的幾個外來客。

「我真是粗人，喝茶如牛飲。」蘇敏坐在長桌的最外沿，舉起杯子一口悶下，或許她是真的渴了。

接連喝了三杯茶，蘇敏起身又去收拾。四塊車載窗簾、半瓶用礦泉水瓶子裝的紅酒、五格抽屜箱⋯⋯老楊一邊拿一邊丟；車載冰箱、大行李箱、多餘的凳子、猴子玩偶、穿不到的衣服，老楊替蘇敏統一整理起來。

「全部都郵寄回去，這些一點用都沒有。」站在老楊身後的蘇敏像個小孩，用力點頭。

出來兩年的老楊，保持了絕對極簡的作風，在他的車內，幾乎找不到多餘的物品。就像是這個人的過往，也找不到追溯的線索。

收拾整理耗費了整個上午，滿爺做東請大家吃了一頓正宗的雲南菜。接連幾天下館子，蘇敏胖了好幾公斤。剛出發那段時間掉的2、3公斤肉，沒幾天就補回來了，還附贈了2公斤肉。

「好不容易開心起來，不想再去破壞自己的心情。」蘇敏朝坐在她左邊的我笑了笑，笑完不忘又側到右邊，朝沉沉笑了笑。

這個動作總共持續了10秒鐘，透露出的卻是蘇敏幾十年來的處事風格。

吃完午飯後，蘇敏的手機響了。

「上海移動，不認識的號碼。」

「喂，你好，我是蘇敏。」熟悉的幾個字，讓我瞬間明白，蘇敏之前電話裡的客套是一種習慣。她不知道對方是什麼人，保持禮貌，不會出錯。

接完電話後，沉沉告訴蘇敏，她將要坐晚上的航班回北京。這幾天的陪伴，讓她蒐集到了足夠的素材。

「我走了，你和阿姨才方便，車子裡坐三個人，有些費力。」

沉沉低頭向我解釋，說完話抬起頭，我看見白眉下一對熠熠生光的眼珠，好美。

又喝了幾泡茶後，沉沉說要去市場看看傣族服裝。老楊開車，順便說陪我去買一床厚被子以便出行使用，而後又陪蘇敏去買了幾大桶水，替換有些雞肋的水箱。

「給我，我來幫你拿被子，不然重。」蘇敏一把搶過我手裡的被子，雙手放空的我，只好乾看著眼前這個56歲的中年婦女。她像是一個電力充足的機器人，一擺一擺地走在我的前頭。

餞行晚餐是在滿爺的茶室吃的。老楊從車上拿下來一大壺白酒，滿爺叫了一箱啤酒，說是要慶祝新朋友相逢於平安夜。

「寧叫腸胃穿個洞，也不讓感情留條縫。」前段時間，蘇敏剛從同學嘴裡學了這句話，轉眼就用上了。

「有道理。」圍坐在圓桌前的幾個人舉起杯子，「平安夜快樂。」

越過山川

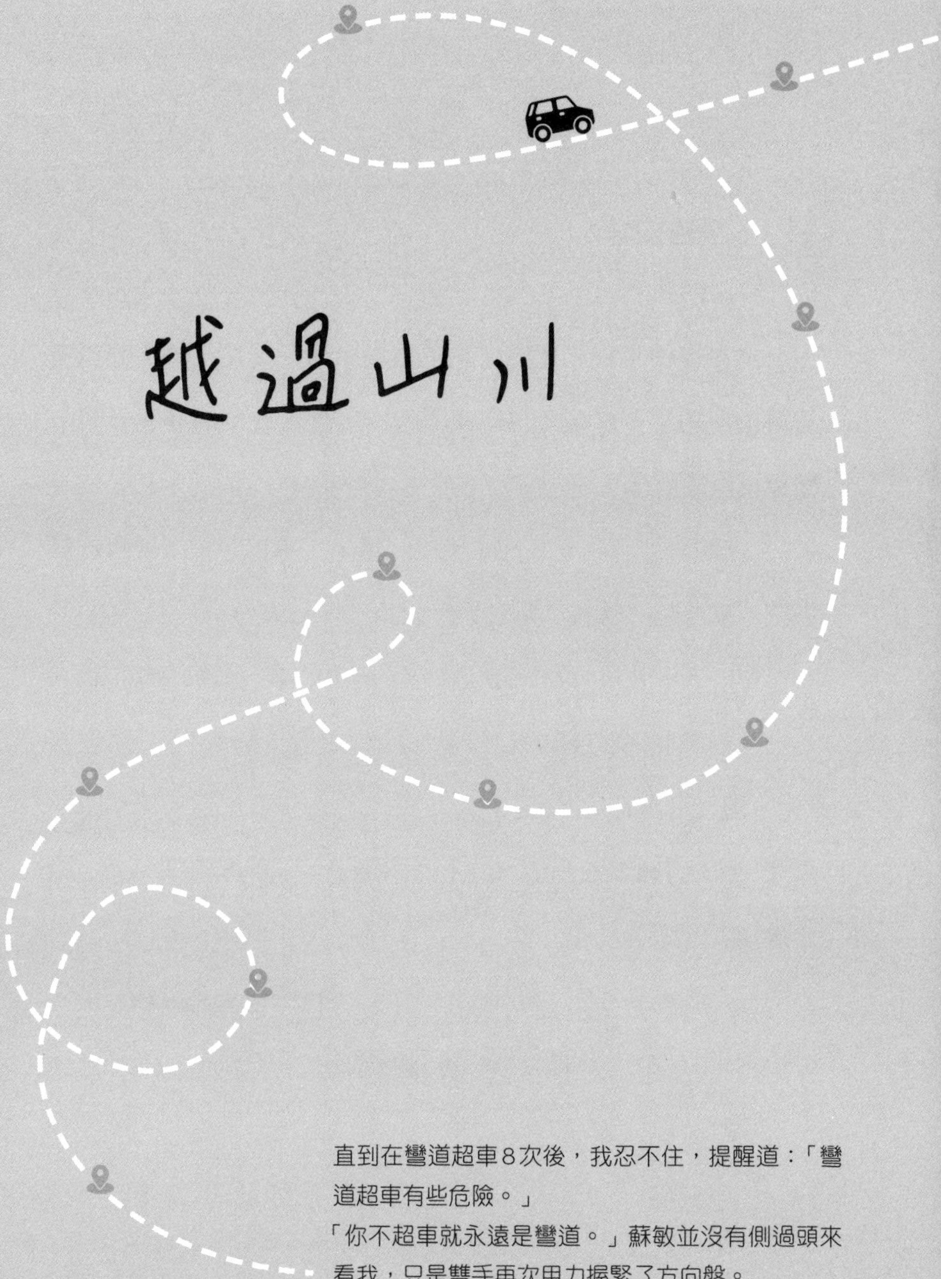

直到在彎道超車8次後，我忍不住，提醒道：「彎道超車有些危險。」

「你不超車就永遠是彎道。」蘇敏並沒有側過頭來看我，只是雙手再次用力握緊了方向盤。

1 ____ 獨自安好

平安夜很平安，雖說沒吃到蘋果。第一天在市場，老楊提議買幾個蘋果，蘇敏說自己車上有，等到要吃的時候才發現，蘋果早已爛掉了。

「就想著要等平安夜吃，沒想到壞了。事情想到了就得趕緊去做，東西想吃就該立刻去吃。」

第二天一大早，對於昨天沒吃到蘋果的事，蘇敏有些抱歉。

「我們到海南吃椰子去。」

「走，今天就走。」

「不能再麻煩他們了，太不好意思了。」蘇敏燦爛一笑，順著帳篷上的梯子跳了下來。

沒想到剛整理完，就碰到了老楊。他早上5點半就起來了，6點鐘趕第一波，去泡了一人10元的溫泉，現在剛回到車前。

「幫你們煮個粥，喝了再走。」

「很快，20分鐘就好。」說完不由得蘇敏回絕，老楊就把壓力鍋拿了出來。

蘇敏見粥已煮上了，自己又去架火，煮了幾個雞蛋。

「一起吃。」

等到吃完早飯，收拾乾淨，坐上車，1個小時過去了。

「該走了，有緣再見，老楊。」蘇敏戴上眼鏡，側身去拉安全帶。

「走吧，注意安全。」

「你叫了我這麼久的老楊，其實我比你小十幾歲呢。」老楊滿臉掛著笑意，擺了擺手，手上難得沒有拿著菸槍，像是在進行一場官方的告別。

「原來他才40多歲，怪不得他昨晚說再也回不去了。」

「看來是真的有故事，看來是真的回不去了。」蘇敏的話意味深長，像是懂了。出來到現在，蘇敏遇到過各種各樣的人，每一個人都帶著過往的故事，出來追尋新的人生意義。

出城的車有些多，蘇敏隨時看著導航，生怕在市區裡走錯路耽誤時間。在這之前，她走邊防公路去普洱被勸返，而這一次我們必須經過邊防公路，奔向江城。

蘇敏有點擔心，從西雙版納往江城的路需要順著邊境線走，路途中隨時都可能出現檢查站，檢查過往車輛。

「會不會趕我們回來？」我抬起頭盯著蘇敏，希望從她嘴裡得到一個答案。

「走走看吧，不行的話，解釋一下。」蘇敏安撫著，眼神有些閃爍，其實心裡沒有底。

一路都是盤山公路，直射的陽光被遮蓋住大半。隨著海拔上升，進入武易這一帶的原始森林，因植被增加帶來的生機，又漸次歸於烏有，被寒冷和封閉帶來的貧窮取代。

路上的小車不算多，但是有不少大貨車。

「山路彎彎，像腸子一樣。」蘇敏說完，用力踩了一腳油門，小車大概是負重太大，並沒有出現明顯的增速，有些像托著龜殼匍匐的烏龜。

蘇敏並沒有表現出太累的狀態，她像是一個極具經驗的老司機，在踩油門和鬆油門之間自如切換著。直到在彎道超車8次後，我忍不住，提醒道：「彎道超車有些危險。」

「你不超車就永遠是彎道。」蘇敏並沒有側過頭來看我，只是雙手再次用力握緊了方向盤。

「找個地方做飯吧，都12點多了。」蘇敏一本正經。山路有些窄，小彎纏繞，沒有找到合適的位置，只好往前開。最終在下山的途中，發現了一塊由碎石鋪成的空地，旁邊是一間廢棄的土房，房子外牆上面寫著「加水站」三個字。

蘇敏一打檔，車身一擺，停住了。她下車從後車廂掏出工具，拿出頭一日在市場買的青菜、雞蛋，架好小桌子，整個過程極其流暢。

15分鐘後，兩碗裹滿麻醬的麵擺在鋁合金折疊桌上。

「好吃，麻醬麵。」

「我們要路過蒙自，帶你去吃正宗雲南過橋米線。」我舉著碗朝蘇敏說，「在大山深處吃麵，還是第一次。」

「好，我去看看過橋米線到底有多少座橋。」蘇敏豁口的牙齒，總是在大聲說話的時候異常明顯。

吃完飯不敢休息，還有100公里才到江城。下山的路比之前好走，蘇敏笑著說：「道路都從羊腸小徑，變成了豬腸大道。」

趕到江城的時候剛到下午6點。江城不是何偉書中的山河之地——涪陵，它只是雲南邊境上的一個哈尼族自治縣，與越南、老撾兩國接壤，因李仙江、曼老江、猛野江三江環繞，故名江城。這個居住著約25個民族的小城，守著長達183公里的邊境線，像是與世隔絕的孤島，獨自安好。

在進城的路上，我們很順利地找到了一個露天停車場。免費、有水、有廁所、有燈，完全符合蘇敏的要求。

在停車場旁邊有家賣點心的店鋪，蘇敏提議買幾樣點心帶著路上吃。店面狹長黝黑，賣的商品只有月餅、餅乾等三四種甜點，都是泥巴色，像是怕打破小店的風格，故意保持了低沉的氣息。

「怎麼賣？」蘇敏一把拉過站在門口的我，把我的手挽進她的胳膊裡，像是在傳遞一種安心。

「看你要哪種？」從黑暗中站起來的店家，是個上了歲數的男人，臉上的表情和半空的貨架一樣，蒙著一層說不清的薄灰，在昏黃的日光燈下，有些悲寂。

「買30塊錢吧，你都裝點。」不知道哪一種好吃，蘇敏決定全部都要。等到老闆裝好，整整有兩袋子之多。

實惠的價格和只能收現金的行為，就如同這個寂靜無聲的城市，並沒有因為外人的闖入而受到打擾，有所改變。

在路邊小館隨意吃了一口晚飯，蘇敏要我去盥洗，她先回停車場搭起帳篷。蘇敏早已習慣獨自完成這項睡前事項，每日重複的動作，蘇敏熟絡於心，10分鐘不到，帳篷裡裡外外就布置完畢。蘇敏怕我不習慣，在帳篷裡的支撐梁上特意掛了兩個除濕袋。

「爬進來，就可以睡覺。」坐在帳篷門邊的蘇敏朝我揮揮手，帳篷內的燈泡發出黃光，氤氳柔和，將蘇敏籠罩在裡面。

「嗯，肯定會是個好覺，就像昨晚。」我揚起了頭，笑道。

2 ____ 出山的路也是進山的路

從江城出發時已經過了早上9點。8點不到，蘇敏就去早市買了些蔬菜，拎著兩大包菜回來的她，一直說太便宜了。一把菜一塊錢，兩包菜才十幾塊錢。

出山的路也是進山的路，沒有終點。一路上都是邊防檢查，到中午12點還沒有跑出100公里。本來想要趕到蒙自，臨時決定只趕到元陽。

有一段路，也就10公里左右，遇到了兩次檢查。每一次停車，蘇敏都看我一眼，不說話，但她的鼻尖都是汗。這幾天，每當蘇敏開始緊張，她的鼻尖都會滲出汗水，一顆一顆的，布滿鼻頭，似乎是在等最後的聚集。

「我們也想走高速啊，可是沒有。」蘇敏站在登記台前，仰起臉看著眼前比她高出一個頭、全副武裝打扮的員警說道。她有過一次被勸返的經歷，不想再出意外。

「對，確實沒有。」員警是個年紀不大的年輕男子，抬頭看了一眼蘇敏，隔著防護面罩的一雙眼睛，透過屏障檢視著對方。

連續兩次下車，蘇敏都忘記拿身分證，等員警要身分證進行登記的時候又趕緊跑回車上取。一來二回，加上天氣熱，人又緊張，蘇敏鼻尖的汗順著往下滴。等登記完畢上車，蘇敏長吁了一口氣：「應該是沒問題了，不然勸返了可真麻煩。」

中午在山間的一個小食鋪買了幾個饅頭，蘇敏把早上買的菜炒了，做了番茄炒雞蛋和青花菜。吃完午飯，蘇敏說休息一會兒，平日裡趕路都是她一個人開車，到了中午她總是會找個地方，小睡半個小時。

「冒險家也要休息。」

考慮到梯田的日落會在下午5點半到6點之間，蘇敏不想錯過。最後我們商量決定，由我替蘇敏開車，她在車上睡會兒。

「有些東西錯過了就是錯過了。」已有幾十年人生經歷的蘇敏深諳此道理，半閉著眼睛向我傳授。

等到蘇敏睡醒，1個半小時過去了。國道一面夾著江水，一面靠著山壁，車子在群山裡穿梭，望不到頭。頭頂上方立起的高架石墩，是高速公路的石基，撲面而來的灰塵，在無數的卡車輪轂捲動下，騰在低空中，最後落在眼前的擋風玻璃上。

「路太爛了，沒辦法走。」1個多小時，跑了不到40公里，我有些沮喪。

「我來開，你休息一下。」蘇敏確定自己是睡醒了，喝了一口水壺裡的水，戴上扶手箧裡的眼鏡。

蘇敏開車就像她的性子，在接連超了一輛挖掘機和賓士後，我們準時在日落前趕到了哈尼梯田。

眼下不是稻穀季節，成片的水田，同鏡面一樣整齊有序地排放在山間。元陽地貌，山高谷深，溝壑縱橫。一路開車過來，始終被眾山圍繞，山地連綿，層巒疊嶂，夾著無數的江河支流。所有的梯田都修築在山坡上，梯田坡度維繫在15度至75度之間，如同銀色腰帶的溝渠，將四周的大山纏繞，從箐溝中流下的山水被悉數截入溝內。

「大地的藝術品。」蘇敏站在一處觀景臺上，舉著GoPro說。

從旅遊的角度來說，蘇敏沒有做過攻略，不懂其表；從地理專業角度來說，她非科班出身，更不懂其裡。

身臨其境的蘇敏閉上了眼，深深吸了一口氣，似乎在用肺腑去感受它的氣息。在日落的進程中，我用手機幫蘇敏拍了一張照片，背光下，她身後的梯田被夕陽浸染，彷彿裹上了一身紅裝。站在天然幕布下的蘇敏，笑開了花。

怕在山頂睡帳篷太冷，我們最後找了家民宿住一夜。一進門，蘇敏就被幾個遊客認了出來，原本還有些倦意的她，一掃兩日來的疲憊，幾個人在大廳的沙發上聊了1個多小時，直到晚上9點，蘇敏才意識到連晚飯都錯過了。

「真的很開心，傳遞了正能量。」蘇敏說道。

傳遞正能量的何止這一次，一路走來，蘇敏奮力拯救自己，而她的經歷，在網路上傳播，也救贖了別人。

房東告知日出會在早晨7點半左右。等到陽光透過落地玻璃打進屋裡的時候，我才發現蘇敏已經出去了。出門的時候，她特地把床面鋪疊得整整齊齊，像我們剛進來時一樣，連一個褶皺都沒有，要不是門口的那一個小包，根本看不出這裡還住了多餘的人。

我收拾好，出門尋她，只見一個身影在不遠的田坎上，和水田近乎同色的帽T將整個畫面匯成一體，讓她看上去像是空曠無垠的田野上的稻草人。

遠處把大半山麓遮蓋住的雲霧，似乎在眼前移動，伸手可觸，又無法真正捕捉到。直到我大聲叫她，蘇敏才從田埂的世界裡抽離回來。

「人類的智慧真的太偉大了。」蘇敏被眼前的景色所吸引，嘴裡一直重複著這句話。

詢問了當地人後，我們決定繞道上高速公路。邊境國道的檢查太多，將要進入廣西地界時，群山環繞，不可控的因素也讓我們心裡沒底。

蘇敏昨日接到電話，她需要盡快趕到湛江，有幾個媒體人在那裡等她。從元陽哈尼梯田下來，在個舊上了高速公路，我們沿著蒙自的邊界一路往東南而去。

「沒能吃到蒙自過橋米線，沒辦法看看到底有多少『橋』。」

「早餐已經吃到了，還在橋上放了兩個雞蛋。」蘇敏打趣道。

她無心嬉笑的話，安撫排解著別人的情緒。這種特質，是與生俱來的天賦，還是多年苦難生活的產物，我們無從可知。

3 ____ 勇氣

選擇上高速公路是明智的。雲南境內的天猴高速公路就如同名稱一樣，像是被夾在天地間的猴子。越往前走，山面的植被越矮小，光禿禿的山壁看不到生機，長得像乳頭的山峰也少了些川陝地區山脈的氣質，看不出險惡逼仄。縈繞在四周的霧氣，像是在提醒車子依舊行在山間，沒有逃脫。

「像不像龍宮仙境？我們像是進入了電視劇裡的仙山。」蘇敏一邊開車，一邊喊我幫她錄一段影片。

「我們晚上看來要找個休息站過夜，看看導航，找那種有刀叉標示的休息站。」蘇敏不忘提醒道。對這種細節的留意，和她有些馬虎的性格相違，讓人分不清到底哪個才是她。

我告訴她，她一點都看不出來像是得過重度憂鬱症的人，蘇敏用手抓了抓頭。

「梁靜茹沒有給我勇氣，我給了自己一份勇氣。」抓完頭的那隻手放回到方向盤上，蘇敏側過頭對我露出微笑。微笑中有一種熱烈的神情，似乎還年輕，卻又不是真正的小女生，或許常年不變的生活被改變，有種東西被擱置，又同時保存下來。

「以前病得厲害的時候，我把自己一個人關在臥室裡大喊大叫，自己都覺得自己瘋了。」蘇敏想起吃藥的那段日子，在醫院裡的忐忑，在家裡的狂躁，以及無法安撫的內心。

在醫院旁邊有個小公園，有段時間，蘇敏拿完藥就會去那裡轉轉，園子裡有些小動物，像是被人故意圈養的，她總能感到自己如同眼前被禁錮的動物，把握不住自己的命運。

「高速跑起來就是好。除了貴，沒一點毛病。」剛說完這話，蘇敏就聽見「鐺鐺、鐺鐺」的金屬擊打後車玻璃的聲音，連忙靠著緊急停車帶停車。

下車一看，原來是帳篷的固定繩索滑開了，繩索上面的不銹鋼鐵片隨著行車速度上下擺動，擊打著車窗玻璃。

「怎麼會掉？以前從來沒有過，是不是早上走神了，用力不夠。」

蘇敏繞到後備箱，拿出尖嘴鉗，雙腳踩在輪胎上，伸手去把滑掉的固定繩索拉過來，最後再拿著尖嘴鉗用力一拽，這才拴緊。

「手的力氣真的不夠，得拿個工具才好用力。」尖嘴鉗是蘇敏收帳篷的必備工具之一，還有一個必備工具，就是擀麵棍。

從西雙版納出發那天，第一次見蘇敏用擀麵棍收帳篷，我就覺得眼前這個中年婦女是個「寶藏女孩」，總有新奇之處。

拴緊後的固定繩索沒有再散開，一路上車不多，在廣西那坡縣的休息站停好車，時間剛過下午5點。眼看時間還早，蘇敏說要擦擦車。

昨天稀濕的爛路，讓白色車身染滿了泥漿，車頂的帳篷罩子上也布滿了灰。

從後車廂取出一個折疊桶、兩張不同顏色的小抹布，又在休息站的洗手間接滿水，蘇敏開始從後往前擦。不變的是，她依舊不讓我插手。

這個有些枯乾得像芝麻桿的身影，佝僂著，一點點去擦拭車身上的污泥，像是在抹掉過去的不幸。

矮小的身形裡，還能在恍惚間捕捉到一絲往日溫柔的情態。可能因為生活，她才強行把自己包裹起來，變成如今的鋼鐵戰士。

夜幕降臨，休息站裡沒有幾輛車。這條中國最南端的東西橫線，連接東南亞的大門，或許是受到疫情影響，才顯得空寂。

剛盥洗完準備躺下的蘇敏接到一個電話，一下坐了起來，繃直了身體，她的眼睛發直，身子其他部分仍在被子裡。安靜的空氣中，蘇敏一遍又一遍把車擦乾淨。

下半截被子在微微抖動。蘇敏不想表現出自己受到了干擾，但藏在被子裡的身體，出賣了她。

「再逼我，我也沒辦法，你們到底想怎樣？」

沉默、爭吵，最後再變為沉默，蘇敏掛上了電話。

「我弟用我媽的手機打電話來，來要錢。」蘇敏用簡短的15個字，解釋了剛才5分鐘的電話內容。她沒有說最終結局，只是抬手把燈關了，在床上輾轉反側了不知道多久，才發出低沉的鼾聲。

情緒受到了干擾，第二天一早，她依然沒有和緩過來。刷牙的時候，她把洗面乳擠在了上面，直到刷完了才反應過來。盥洗完，蘇敏打電話給女兒，一則是關心外孫的咳嗽是否有好轉，二則是讓女兒替自己把這幾個月存下的幾千塊錢先還給他們。

「有時候真的理解不了。」

蘇敏的思緒長久地停留在這個地方，她做出無情姿態的同時又帶著憐憫的心情，猜測著母親的想法。她不明白這麼多年以來，為什麼母親對她總是忽冷忽熱，讓人琢磨不定。蘇敏是一個直接、灑脫的人，她沒想過從物質上獲得饋贈，她只希望母親能說一句話，寬慰自己。但這樣的冀望，從未實現過。

「為了2萬塊錢，他們這幾個月打了五六個電話了。」

「像影子一樣，躲都躲不掉。」雖然沒有躲掉弟弟，但是丈夫老杜自從打電話來要那81塊過路費後，再也沒打電話來過。

對於這一點，蘇敏說不上是不是高興。

一時間，蘇敏想起了丈夫，似乎瞄見老杜坐在沙發前，待在客廳裡，目光空洞地盯著電視螢幕。這確實也是他幾十年來在這個家裡唯一做的事。

清晨的休息站，在太陽沒有升起的時候，有些涼。一陣微風拂過，蘇敏打了個噴嚏。

「走吧，接著走。」

4 ____ 大陸與海

越走越平，氣溫也隨即上升。生長的氣息變得濃烈，似乎撫平了蘇敏昨夜不安的記憶。聽到明日可以渡海，蘇敏很興奮。

「等那幾個人一到，明早就可以渡海。」蘇敏開始在心裡盤算，到了海南要吃一頓海鮮，要踏一次浪，要喝一棵樹上所有的椰子。

「以前想喝，又怕不新鮮。」

「其實就是嫌貴。」說完這句話，蘇敏忍不住捂著嘴笑了起來。

快要到湛江的時候，時間剛過下午5點。「雖然太陽高照，但是月亮依然準時出現。」蘇敏突然冒出一句話，像一個閱遍生活的哲人，與她的容顏有些不符。

在靠近高鐵站的停車場停好車，蘇敏提議去走走。不過沒走一會兒，蘇敏就有些不舒服。連續幾天的趕路，再加之昨晚來自千里之外的影響，讓她低血糖了。

我趕緊掏出包包裡的一塊山楂糖給蘇敏吃。唯一的一塊糖，拯救了她的心慌手抖。在路邊的護欄下坐了好一會兒，蘇敏說自己好了，但剛站起來的身體，似乎有一點歪斜。

「走吧，回去，煮麵吃。」或許，蘇敏煮的麻醬麵，是她對自己疲勞一天最好的酬勞，可以救贖一切。

在西雙版納的時候，蘇敏把猴子玩偶寄回去了，晚上睡覺的時候，她拿了個方形抱枕揣進懷中。東西雖然不一樣，但慶幸還有可替代的。

早上起床時已經過了9點，一夜的酣睡，徹底洗淨了蘇敏殘留的疲憊。她特意多煮了兩個雞蛋，怕渡海的時候暈船。

「多吃一點，應該就沒事。」

剛吃完飯，蘇敏的電話就響了。對方打來電話告知已經到達，約定10分鐘後在高鐵站出口碰面。沒來得及換一套乾淨的衣服，蘇敏就匆匆收拾好開車去迎。

一到出站口，就看見一輛黑色SUV在那停著，對方一眼看到了蘇敏的車，從車上下來幾個人，細看是四個小女生，清一色都是黑色大學T配上黑色鴨舌帽。蘇敏看見她們像是想起了什麼，下車跑到後座找了一頓。沒一會兒工夫，她戴著一頂黑色鴨舌帽走了過來。

「是不是這樣子更配？好幾天沒戴了，差點都忘了。」戴著帽子的蘇敏站在幾個人的中間，沒有顯得突兀，反而覺得她們早已約定好，和自己是一路人。

眼前的四個女生，代表一家媒體過來為蘇敏拍記錄短片，渡海是其中的一部分。出發前，湛江的天氣很好，蘇敏覺得此刻要是站在甲板上，吹著海風，迎著浪，會更好。沒做過多停留，互相認識後，兩輛車就直奔海安新港而去。

從湛江下轄的徐聞縣渡海有幾個碼頭可供選擇，蘇敏在導航上隨意選了「新港」，她說海那頭是新的生活，渡海也討個好彩頭。

海安新港渡海的車輛不多，不用排隊，但上船的時候仍然被工作人員催促。渡海的車輛只能留下駕駛一人，開進船體的一層或者底層，其餘的隨車人員必須下車，步行至船體的二樓。

「為了安全。」看見有攝影機在拍攝，一個戴著袖章的工作人員朝我們一堆人嚷嚷，嚷嚷完還不忘拉了拉胸前的衣服。

「紫荊十五號歡迎你。」蘇敏舉起握著方向盤的一隻手，不知道是朝著面前的大船還是大海的方向揮舞著。

上船後才知道，蘇敏的車是進入船體的最後一輛，我們這才反應過來，之前工作人員的催促是情理之中的事。

不知為何，船頂的甲板沒有開放。上樓的梯子被兩根繩子攔著，阻斷了通往戶外的道路。不想在艙內閒坐，蘇敏拿著GoPro跑到二樓的窗戶邊，倚著鐵窗的她，頭髮被海風捲起，像有一股力在往外拉扯。

在空曠的海域裡，海水變成了清澈的藍綠色，有些深不見底。

「海天一色。」蘇敏看著前方，似乎有了一種坐擁天地的感覺。

不一會兒，她將手順著窗戶的口伸了出去，此刻處在南海海面上的一隻手，打得筆直，逆著風，發出呼啦啦的聲音。

渡海的途中，蘇敏望著大海陷入沉思。

而行駛中的船，帶著同樣的風噪，掃在渡海的輪船上，像是要帶走一切，卻又未曾改變什麼。

蘇敏站了好一會兒，覺得有些冷，不由得拉緊了衣服，轉身走進船艙。剛坐下一會兒，她就打開了話匣子，和前後鄰座的一對夫妻攀談起來。

「自己花自己的錢，走自己的路。」和大海有過親密接觸的蘇敏，心情不錯，有豁口的牙不時顯現。

「對對對。」旁邊67歲的大叔接連說了三個對，舉起了大拇指。

「我們現在就是，不帶孫子，不管孩子，只圖自己高興。」大叔的太太比他大一歲，蘇敏從她的臉上沒有找到過多歲月遺留的痕跡，連連搖頭表示自己不信他們都是奔七的人。

「以前總覺得女人必須要有責任感，其實都是自以為是的責任感。現在才知道，生活原來真的可以向人展現完全不同的面貌。」蘇敏的話，恰如其分，一時間讓在座的幾個人齊齊抬頭，望向了她。

不曉得在他們的心裡，是否在琢磨面前坐著的這個曬得黝黑的中年婦女，到底具有何種魔力。或許，更多的是不相信，這樣的人得經受多大的苦難，才能走到今天這一步。

下船的時候，蘇敏從紫荊十五號開出來的車，並未隨著面前的車流往出口去，反而直直朝隔壁一艘船開去，所幸安全員看見了，趕緊上前去溝通。

「蘇敏到底是一個怎麼樣的人？」一個舉著攝影機的女生朝我問道。

「性情中人。」我笑了笑。

5 ____ 新年，新的希望

在蘇敏56年的生命中，她從沒有踏上過海南島。唯一一次見到大海是在山東，女婿在放年假的時候，帶著全家去青島玩了幾天，有蘇敏，也有丈夫老杜。

蘇敏記不得太多關於大海的情節，只覺得海鮮便宜，海水有些發灰，還有丈夫老杜發了一次脾氣。在她的腦海裡，丈夫老杜的臉上，只存在兩種神情：一是對著她說話時，皺作一團的五官；其餘時刻，看不到臉部線條和神情的變化。

此刻，剛踏上海南島的土地，蘇敏覺得迎面撲來的空氣異常濕潤，其中還夾著一股鹹味，即使處在少雨的季節。

在島上的第一個目的地是文昌。來之前，蘇敏從沒聽說過，但提及文昌是中國的衛星發射中心的時候，蘇敏說似乎在老杜看電視的時候看到過。

因為一個熱心的網友，蘇敏得以找到住處。來之前，她本想找一處民宿落腳，從每月僅有的2380元退休金中擠出1000塊錢來租房。

直到前幾天，一個網友打電話給她，邀請蘇敏去自己在海南文昌的家中住。一開始，蘇敏實在不好意思，但對方接連打來了四五通電話，蘇敏才接受了這位網友的好意，雖然彼此未曾謀面。

「出來之後，才知道好人真多。我真的太幸福了。」說到這件事，蘇敏總是會感慨一番，像是在說一件極其重要的事情。

在網友家，蘇敏把自己帳篷裡的被褥、衣服做了一次大清洗。

看著清洗乾淨掛起來的衣服，蘇敏多了層感悟：「以前的衣服都太暗了，基本就是我生活的寫照。現在我想多穿點花衣服，感受一下。」

「因為我屬龍，龍就得又閃又亮。」蘇敏看了太多的穿越、奇幻小說，不免受到些影響。

雖然蘇敏的形象早已被歲月無情篡改，但只要一開口，她依舊是她。約定好第二天一早去吃早茶，細心的網友提前就告訴蘇敏，在文昌有一家當地人愛去的老爹茶鋪。聽到有好吃的，當了一天司機的女生開口說：「好啊，民以食為天嘛。」

「命都沒了，你還為天。」蘇敏打趣，用手輕輕地捏了一把說話的女生的腰。

在電話溝通的時候，聽見女生的語調，蘇敏想像了一個職業女性的模樣。見面後，蘇敏立刻否定了自己的猜測，眼前這個長得像玩偶的女生，似乎和職業沒有一點關係。

「看人還是不能太看表象。」蘇敏像是在說給自己聽。

吹了整夜的大風，住在網友家裡的蘇敏半夜起來了三次，兩次透過窗戶向外查看，第三次乾脆起來，開著手機的電筒，下樓徹底檢查了一遍車。

「還好是睡在屋裡，不然這麼大的風，會不會吹翻帳篷？」第二天一大早，提起昨晚的大風，蘇敏還心有餘悸。

收拾完東西，幾個人就去吃早茶。蘇敏無法區分海南早茶和廣東早茶的不同，走到餐廳前面嘴裡還念著「廣州早茶」。不過她吃飯的樣子總是富有熱情，像是從沒有吃過這麼好吃的東西。我吃完很久之後，蘇敏都能從盤子裡挑出東西來，就像挑剔的老饕，從碎末渣子裡提煉出美味。

「不能浪費，不能剩菜。」蘇敏從小就開始培養這些習慣，到婚後發展成極致。

「其實我挺喜歡多煮一點，但他每次都說算了，平攤費用也會計較。」

幾個女生沒讓蘇敏付錢，蘇敏覺得拉扯起來也不好看。到下午的時候，蘇敏說要下廚，想去海鮮市場買點食材回住處。

「明天就要跨年了，想請你們吃頓飯。」身為北方人的蘇敏會做海鮮，也是在青島那幾日學的。為了滿足大家的味蕾，出來前蘇敏就在網上看影片，看完後，拿本子記下來。

蘇敏不讓大家進廚房幫忙，一個人關在裡面忙碌。隔在門外的幾個人似乎只能扮演傾聽者，不知如何參與眼前的情形，就像大家並不能真正觸及她的生活，儘管所有的物品擺在眼前，蘇敏也在我們身邊。

蘇敏在直播時認識了一個網友，和蘇敏來自一個地方。她打來電話，約蘇敏明日一起跨年，後日一起去海花島看煙火。出門在外，這種順其自然的行程，蘇敏很認同。在試圖與森嚴的「婚姻制度」討價還價後，蘇敏越來越喜歡出門在外的隨心所欲。

12月31日那天，蘇敏在茶几上擺出了四支口紅，拿出了五套衣服，要我們幫她出主意。

「這件衣服是女兒工作後送給我的第一份禮物，花了400多。」

「這件呢子大衣是我所有衣服裡最貴的，1300塊。」

「豹紋風衣，閨蜜陪我買的，穿了5年多了。」蘇敏一邊介紹，一邊依序往身上套。每套上一件，她都會轉一圈，以便讓我們看得全面些。

蘇敏幾乎把自己所有的好衣服都帶了出來，像是帶著過往最美好的那些時刻。她一點點用雙手把自己枯萎的日子翻過來，像少女時在山上林場翻弄劈成的木材。

我們表示衣服都很好看，蘇敏就會咧開嘴笑，嘴巴上的口紅似乎撐起了蘇敏的整個容顏，淡去了風吹日曬的痕跡，再配上鮮豔的衣服，微微泛著紅光。

她最後選了女兒買的花毛衣赴宴，毛衣裡面有大片的紅色，蘇敏說這是個好兆頭。網友王姐在家做了一大桌菜，還包了餃子。以這樣的方式來迎接新的一年，蘇敏是第一次。在婚姻生活中，丈夫每到節假日都會回老家，就算是過年都不會和蘇敏一起度過，新年在蘇敏的心裡並沒有留下甜味。這一次重新品嘗，蘇敏才發覺，這種想念已久的味道如此美好。

「我已經吃了56年的鹽，現在我開始為生活加糖，這樣的一生也算得上是滋味齊全。」蘇敏和王姐一見如故，一頓飯還沒吃完，就在討論下一頓吃什麼。

整個夜晚，蘇敏幾乎都沒合上嘴，不是在吃飯，就是在笑。在喝了3杯紅酒、吃了3塊雞翅、8隻蝦、十幾個餃子後，蘇敏打開手機，往自己的個人檔案上添上一句話：「每一個人最終的歸宿，都是自己。」

蘇敏的故事並未完結，屬於她的人生才剛剛開始。

在2020年，56歲的中年婦女蘇敏，開啟了一個人的自駕生活。

她在路上跑了上萬公里，途經及停留了20多個城市，在帳篷裡度過了180多個夜晚，在途中結交了無數的朋友……

邁入2021年，已經過完57歲生日的蘇敏，開始學衝浪，開始了環島旅行。在新年那天，還在路上的蘇敏，在自己的帳篷門簾上貼了一副對聯，篷頂上的橫批寫著：吉星高照。

她坐在帳篷裡笑道：「我終於活成了別人羨慕的模樣。」

蘇敏深知，在不日之後，與母親、弟弟的僵局，像是隔夜水盆裡的薄冰，會慢慢化解；女兒、女婿也會把孩子們照顧得很好，無需自己擔心；而和丈夫老杜的關係，她不願多想，「或許誰都沒有錯，只是誤讀了對方。」

蘇敏計畫著，在海南度過溫暖的新年後，等春天來了，她再駕著自己的小車，順著西南方向，再北上。

「接下來的日子，我會和生活同行，繼續在路上，找回真正的自己。」

女兒給媽媽的一封信＿＿

媽媽，請為自己而活

我叫杜曉陽。蘇敏是我的媽媽，這位處處護著我的女人，也是父親常年訓斥下的妻子。對此，我習以為常。從我有記憶起，媽媽就一直很忙，很少有坐下來的時候。冬天，媽媽總是蹲在窄小的浴室裡，搓洗一家人的衣服，雙手凍得通紅。我吵著媽媽要吃東西，把臉貼在媽媽背上，感受著她溫暖的後背，有時候我就這麼睡著了。

媽媽有兩個弟弟，外婆重男輕女，有什麼好吃的、好玩的都是先給兒子。媽媽身為長女，放學了還要趕回家做飯、照顧弟弟，還常常挨外婆的打罵。外公去西藏援藏，媽媽就這樣出生在那裡，整個童年大部分都是苦澀的味道。

後來外公回家，媽媽因為上學的緣故，一個人被孤單地留在西藏一年。長大後，媽媽經人介紹認識了爸爸，沒有多少了解就嫁給了他。媽媽說，她太希望有一個自己的家，希望在自己的家裡過著舒適自由的生活。但她卻遇到了一個自私還大男人主義的男人。

爸爸的錢從來不給她用，家裡的開銷全部都是用媽媽自己的錢。爸爸對媽媽總是打壓、謾罵，動輒就是拳打腳踢。只要他在家，媽媽說話走路做事都小心謹慎，生怕招來一頓打。家裡什麼事情她都不能作主，只有奉獻的份。連看電視也要等爸爸睡了，她才會坐到沙發上，拿起遙控器。媽媽為了我，忍受著爸爸的冷漠與暴力，始終不離婚，即使被爸爸打得全身是傷，她也沒有想過要離開這個家。

媽媽怕人家笑我是父母離婚的孩子，怕我長大後不好找男朋友，被人瞧不起，怕我在同學朋友面前抬不起頭來。

媽媽失業，就去超市打工，去建築工地蓋房子，像男人一樣扛水泥、挑磚頭。爸爸對媽媽既不關心也不過問，他休息時就出門，和朋友一起釣魚或是打乒乓球，回家就發酒瘋，不喝酒的時候也發酒瘋打媽媽。

我結婚後懷孕，媽媽細心照料我的日常生活，總是擔心我受到委屈。懷孕期間胃口不好，媽媽總是嘗試做各種新鮮的食物給我改善飲食。每次產檢，媽媽都寸步不離地陪著我。生孩子時我非常恐懼，媽媽總是鼓勵安慰我。孩子出生後，長期生活在壓抑生活下的媽媽，精神漸漸萎靡，得了憂鬱症。爸爸從來不關心，還在媽媽同學會上說她神經病。爸爸再次要打媽媽時，我站在媽媽面前，擋著爸爸的拳頭。我把生病的媽媽接到家中，把雙胞胎兒子交給媽媽讓她抱，媽媽在照顧我的孩子時，再次忙裡忙外。

直到我的孩子上了幼兒園，媽媽終於做出了決定，離家自駕旅行。開著自己的小車，她在只有她一個人的停車場過夜，怕我擔心都不告訴我。

媽媽一路遇到很多同伴，她把自己的故事拍成短影音，發表在影音平台上。她在三亞沙灘上自由行走，在海上衝浪。

媽媽的笑容發自內心，她終於選擇為自己而活。我在沒有媽媽幫助的日子裡全力帶著兩個孩子，品嘗了累和開心，也更加深刻地理解了媽媽。

媽媽每天拍旅行影片，精神越來越好，性格開朗許多，也結交了很多志同道合的朋友。媽媽終於活成了很多人羨慕的模樣。而我卻覺得，媽媽終於開始為自己而活。

人生講堂 551

年過50，我決定離家出走

作　　者——蘇敏 口述，卓夕琳 執筆
校　　訂——朱晏瑭
副 主 編——朱晏瑭
責任企劃——蔡雨庭
封面設計——李佳隆
內文設計——林曉涵

總 編 輯——梁芳春
董 事 長——趙政岷
出 版 者——時報文化出版企業股份有限公司
108019 臺北市和平西路 3 段 240 號
發 行 專 線—(02)23066842
讀者服務專線—0800-231705、(02)2304-7103
讀者服務傳真—(02)2304-6858
郵　　撥—19344724 時報文化出版公司
信　　箱—10899 臺北華江橋郵局第 99 信箱
時 報 悅 讀 網——www.readingtimes.com.tw
電子郵件信箱——yoho@readingtimes.com.tw

法律顧問——理律法律事務所 陳長文律師、李念祖律師
印　　刷——勁達印刷有限公司
初版一刷——2025 年 04 月 25 日
初版二刷——2025 年 05 月 15 日

定　　價——新臺幣 380 元
（缺頁或破損的書，請寄回更換）

時報文化出版公司成立於 1975 年，並於 1999 年股票上櫃公開發行，於 2008 年脫離中時集團非屬旺中，以「尊重智慧與創意的文化事業」為信念。

ISBN 978-626-419-408-2　Printed in Taiwan

年過50,我決定離家出走/蘇敏口述；卓夕琳執筆. -- 初版. -- 臺北市：時報文化出版企業股份有限公司, 2025.04

面；　公分

ISBN 978-626-419-408-2(平裝)

855　　114003985